O Filho do Lobo

Título original: *The son of the Wolf*
Copyright © Editora Lafonte Ltda. 2021

Todos os direitos reservados.
Nenhuma parte deste livro pode ser reproduzida por quaisquer meios existentes sem autorização por escrito dos editores e detentores dos direitos.

Direção Editorial	Ethel Santaella
Tradução e Adaptação	Luciane Gomide (Entrelinhas Editorial) e Giovanna Matte
Revisão	Rita del Monaco
Capa e Projeto Gráfico	Idée Arte e Comunicação
Diagramação	Estúdio Dupla Ideia Design

Dados Internacionais de Catalogação na Publicação (CIP)
(Câmara Brasileira do Livro, SP, Brasil)

```
London, Jack, 1876-1916
    O filho do lobo / Jack London ; tradução Luciane
Gomide , Giovanna Matte. -- 1. ed. -- São Paulo :
Lafonte, 2021.

    Título original: The son of the wolf
    ISBN 978-65-5870-146-0

    1. Contos ingleses I. Título.
```

21-74876   CDD-823

Índices para catálogo sistemático:

1. Contos : Literatura inglesa 823

Aline Graziele Benitez - Bibliotecária - CRB-1/3129

Editora Lafonte
Av. Profª Ida Kolb, 551, Casa Verde, CEP 02518-000, São Paulo-SP, Brasil / Tel.: (+55) 11 3855-2100
Atendimento ao leitor (+55) 11 3855- 2216 / 11 3855 - 2213 - atendimento@editoralafonte.com.br
Venda de livros avulsos (+55) 11 3855- 2216 - vendas@editoralafonte.com.br
Venda de livros no atacado (+55) 11 3855-2275 - atacado@escala.com.br

JACK LONDON
O FILHO DO LOBO

Tradução
Luciane Gomide | Giovanna Matte

Brasil, 2021

Lafonte

SUMÁRIO

O silêncio branco	7
O filho do lobo	19
Os homens de Forty Mile	37
Em um país distante	47
Para o homem na trilha	67
A prerrogativa sacerdotal	78
A sabedoria da trilha	95
A esposa de um rei	105
Uma odisseia do Norte	123

O SILÊNCIO BRANCO

— Carmen não vai durar mais que alguns dias — Mason cuspiu um pedaço de gelo e examinou com pesar o pobre animal; levou a pata dela novamente à boca para morder o gelo que se acumulava cruelmente entre seus dedos.

— Nunca vi nenhum cachorro com nome pomposo que tenha dado em alguma coisa – ele disse, ao concluir sua tarefa, empurrando o animal para o lado. — Eles simplesmente vão definhando e morrendo sob o peso da responsabilidade. Você já viu um Cassiar, Siwash ou Husky acabando mal? Não, senhor! Veja o Shookum aqui, ele...

Zás! O animal esquelético se lançou sobre ele, os dentes brancos errando por pouco a garganta de Mason.

— Ora essa!

Um golpe rápido atrás da orelha com o cabo do chicote deixou o animal na neve, tremendo debilmente, com baba amarela escorrendo das presas.

— Como eu dizia, veja o Shookum aqui, ele tem brio. Aposto que devora Carmen ainda antes do fim da semana.

— Pois eu digo mais — respondeu Malemute Kid, virando o pão congelado deixado diante do fogo para aquecer. — Nós vamos devorar o Shookum antes que a viagem termine. O que você diz, Ruth?

A índia usou um pedaço de gelo para servir o café, olhou de Malemute Kid para o marido, depois para os cachorros, mas não se dignou a responder. Era um truísmo tão óbvio que dispensava qualquer resposta. A perspectiva de trezentos quilômetros de trilha ininterrupta, com apenas seis dias de comida escassa para eles, e nenhuma para os cães, não admitia alternativa. Os dois homens e a mulher agruparam-se em torno do fogo para uma parca refeição. Os cães se deitaram em seus arreios, pois era a parada do meio-dia, e observavam cada bocado com inveja.

— Não haverá mais almoços a partir de hoje — disse Malemute Kid. — E temos de ficar de olho nos cachorros, estão ficando perversos. Não hesitarão em devorar um dos seus na primeira oportunidade.

— E pensar que eu já fui presidente de uma congregação metodista e lecionei na escola dominical... — afastando distraidamente tal pensamento, Mason dedicou-se a contemplar seus fumegantes mocassins, mas foi despertado por Ruth enchendo-lhe a xícara.

— Graças a Deus temos uma boa quantidade de chá! Eu via isso crescendo no Tennessee. O que não daria por um pão de milho quente nesse momento! Não se abale, Ruth; você não vai morrer de fome por muito mais tempo, nem usar mocassins.

E então a tristeza dissipou-se da mulher, e em seus olhos brotou um grande amor por seu senhor branco, o primeiro homem branco que ela já tinha visto, o primeiro homem que ela conheceu a tratar uma mulher como algo melhor do que um mero animal ou besta de carga.

— Sim, Ruth — continuou o marido, recorrendo a um jargão macarrônico que só eles entendiam —, espera até a gente ficar rico e puxar para o Exterior. Vamos pegar a canoa do Homem Branco e ir para Água Salgada. Sim, águas ruins, agitadas, enormes montanhas que ficam dançando para cima e para baixo. E tão grande, tão longe, mas tão longe — viaja-se dez noites, vinte noites, quarenta noites — ele enumerou os dias em seus dedos como num gráfico —, sempre aquela água; águas ruins. Então, chega-se a uma grande aldeia, muita gente, como os mosquitos do verão iminente. Cabanas tão altas! Como dez, vinte pinheiros. Aô, Shookum!

Ele se deteve com impotência, lançou um olhar suplicante para Malemute Kid, e então laboriosamente posicionou os vinte pinheiros, ponta com ponta, por linguagem de sinais. Malemute Kid sorriu com alegre cinismo, mas os olhos de Ruth se arregalaram de admiração e prazer, pois uma parte sua acreditava que ele estava brincando, e tal condescendência agradou o coração da pobre mulher.

— E então você entra em uma... uma caixa e zás! Direto para cima — ele jogou a xícara vazia no ar a fim de ilustrar e, ao pegá-la habilmente, gritou: — E uau! Para baixo de volta. Ah, grandes curandeiros! Você vai a Fort Yukon, eu vou à Cidade Ártica, vinte e cinco noites... — muitas cordas grandes, todas enfileiradas... eu pego a corda e digo, "Olá, Ruth! Como vai?"; e você diz: "É o meu bom marido?"; e eu digo: "Sou"; e você diz: "Não posso fazer bom pão, não tem mais fermento"; então eu digo: "Procure no esconderijo, embaixo da farinha, adeus". Você procura e acha bastante fermento. Sempre você em Fort Yukon, e eu na Cidade Ártica. Grande curandeiro!

Ruth sorriu tão ingenuamente com o conto de fadas, que os dois homens caíram na gargalhada. Um atrito entre os cães interrompeu as maravilhas do Exterior e, quando os rosnantes combatentes foram separados, Ruth já havia amarrado os trenós e tudo estava pronto para a partida.

— Arre! Baldy! Arre!

Mason estalou seu chicote com destreza e, enquanto os cachorros ganiam baixinho nas correias, abriu caminho puxando a vara do trenó. Ruth seguiu com o segundo grupo de cães, deixando Malemute Kid, que a ajudara a largar, na retaguarda. Homem forte, bruto como era, capaz de abater um boi com um golpe, ele não suportava bater nos pobres animais, mas os divertia como um cocheiro raramente faz – até quase chorava com eles, em sua miséria.

— Vamos, pobres bestas doloridas — ele murmurou, após várias tentativas ineficazes de iniciar. Mas sua paciência foi finalmente recompensada e, embora gemendo de dor, eles se apressaram em se juntar aos companheiros.

Não havia mais conversa; o esforço do percurso não permitiria tal luxo.

E de todos os mais duros empreendimentos, o da trilha do Norte é o pior. Bem-aventurado é o homem que consegue suportar um dia de viagem ao preço de silêncio, e ainda por um percurso aberto. E de todos os esforços mais dolorosos, o de abrir caminho é o pior. A cada passo, os grandes sapatos de neve afundam até que a neve chegue à altura dos joelhos. Então, para cima, direto para cima, o desvio de uma fração de polegada é o precursor de um desastre, levanta-se a raquete de neve até que a superfície esteja limpa; depois, para frente, para baixo, o outro pé sobe perpendicularmente a meio metro. Aquele que tenta fazer isso pela primeira vez, se por acaso evitar colocar suas raquetes naquela perigosa proximidade e não medir seu comprimento sobre os pés traiçoeiros desistirá exausto ao fim de cem metros; aquele que consegue se manter fora do caminho dos cães por um dia inteiro, pode muito bem se enfiar em seu saco de dormir com a consciência limpa e um orgulho que ultrapassa todo entendimento; e quem viaja vinte noites na Longa Trilha é um homem a quem os deuses podem invejar.

A tarde foi passando e, com o respeito nascido do Silêncio Branco, os viajantes sem voz se curvaram ao trabalho. A natureza tem muitos truques com os quais convence o homem de sua finitude — o fluxo incessante das marés, a fúria da tempestade, o estremecimento do terremoto, o longo estrondo da artilharia do céu —, mas o mais tremendo, o mais admirável de todos, é a fase passiva do Silêncio Branco. Todo movimento cessa, o ar clareia, os céus se transformam em latão; o mais leve sussurro parece um sacrilégio, e o homem torna-se acanhado, amedrontado ao som da própria voz. Único sinal de vida viajando pelas ruínas fantasmagóricas de um mundo morto, ele treme com sua audácia, percebe que sua vida não vale mais que a de um verme. Pensamentos estranhos e não convidados surgem, e o mistério de todas as coisas luta para se tornar conhecido. E o medo da morte, de Deus, do universo, vem sobre ele — a esperança da Ressurreição e da Vida, o anseio pela imortalidade, o esforço vão da essência aprisionada —, é então que, e se isso é possível, o homem caminha sozinho com Deus.

Assim passou o dia lentamente. O rio fez uma grande curva e Mason conduziu seu grupo em direção a ele através da estreita faixa de terra. Mas os cães recuaram diante da margem íngreme. Um após o outro, embora Ruth e Malemute Kid estivessem empurrando o trenó, eles escorregaram para trás. Então veio o esforço supremo. As miseráveis criaturas, fracas de fome, empreenderam suas últimas forças. Para cima, para cima... o trenó equilibrado no topo da encosta, mas o cão líder girou a fileira de cães atrás dele para a direita, enredando as raquetes de Mason. O resultado foi assombroso. Mason caiu repentinamente no chão; um dos cães desabou sobre os arreios; e o trenó tombou para trás, arrastando tudo para baixo novamente. Slash! O chicote estalou selvagem entre os cães, especialmente sobre o que havia caído.

— Não, Mason... — suplicou Malemute Kid —, o pobre diabo está nas últimas. Espere e traremos o meu grupo.

Mason deliberadamente reteve o chicote até que a última palavra fora dita, então disparou novamente, enrolando-o sobre o corpo da criatura culpada. Carmen — pois se tratava de Carmen — encolheu-se na neve, soltou um choro doído e depois rolou de lado.

Foi um momento trágico, um incidente lamentável na trilha; um cachorro moribundo, dois camaradas enfurecidos.

Ruth olhou ansiosamente de um homem para outro. Mas Malemute Kid se conteve, embora houvesse um mundo de reprovação em seus olhos e, curvando-se sobre o cachorro, cortou as coleiras. Nenhuma palavra foi dita. Eles amarraram os cães em linhas duplas e superaram a dificuldade; os trenós voltavam à trilha, o cão moribundo rastejando atrás. Enquanto um animal puder viajar, ele não será baleado, e esta última chance é concedida a ele — rastejar até o acampamento, se puder, na esperança de um alce ser morto.

Já arrependido de seu acesso de raiva, mas teimoso demais para voltar atrás, Mason lutou à frente do bando, sem sonhar que o perigo pairava no ar. A madeira caída amontoou-se densa no solo protegido, e eles abriram caminho por ela. Quinze metros ou mais da estrada, erguia-se um pinheiro alto. Por gerações ele esteve lá, e por gerações o destino guardara para ele esse fim. Como talvez tivesse algo guardado para Mason.

Ele se abaixou para prender a tira solta de seu mocassim. Os trenós pararam, e os cães se deitaram na neve sem gemer. A quietude era estranha; nem um sopro era capaz de fazer a floresta coberta de geada farfalhar. O frio e o silêncio do espaço esfriavam o coração e paralisavam os lábios trêmulos da natureza. Um suspiro latejou no ar. Eles não ouviram, pelo contrário, sentiram, como a premonição de um movimento no vazio imóvel. Então a grande árvore, sobrecarregada com o peso de seus anos e da neve, desempenhou seu último papel na tragédia da vida. Ele ouviu o estrondo de advertência e tentou saltar, mas, quase ereto, recebeu o golpe diretamente no ombro.

O perigo repentino, a morte rápida, quantas vezes se puseram diante de Malemute Kid! Os ramos do pinheiro ainda tremiam quando ele deu as ordens e entrou em ação. Tampouco a índia desmaiou ou levantou a voz em pranto ocioso, como muitas de suas irmãs brancas fariam. Por ordem dele, ela jogou seu peso na ponta de uma alavanca rapidamente improvisada, aliviando a pressão e ouvindo os gemidos de seu marido, enquanto o próprio Malemute Kid atacava a árvore com seu machado. O aço retiniu ao penetrar no tronco congelado, cada golpe sendo acompanhado por uma respiração forçada e audível, o "Huh! Huh!" do lenhador.

Por fim, Kid colocou a criatura lamentável que um dia fora um homem sobre a neve. Mas pior do que a dor de seu camarada era a angústia silenciosa no rosto da mulher, o olhar mesclado de esperança e desespero. Pouco foi dito; os da Terra do Norte aprendem desde cedo a futilidade das palavras e o valor inestimável das ações. Com a temperatura de 53 graus abaixo de zero, um homem não pode ficar muitos minutos na neve e sobreviver. Assim, as amarrações do trenó foram cortadas, e a vítima, enrolada em peles, deitada em um leito de ramos. Diante dele rugia uma fogueira, feita da mesma madeira que havia causado o infortúnio. Atrás e parcialmente sobre ele estava esticado um toldo primitivo, um pedaço de tela que captava as radiações de calor e as emanava de volta — um truque que só os homens que estudam física em suas fontes podem saber.

Homens que compartilharam sua cama com a morte sabem quando ela chama. Mason foi espancado terrivelmente, como revelava o exame mais superficial. Seu braço direito, perna e costas estavam quebrados; seus membros estavam paralisados desde os quadris; e a probabilidade de lesões internas era grande. O único sinal de vida era um gemido ocasional.

Sem esperança, nada a ser feito. A noite impiedosa se arrastou lentamente sobre eles. Ruth sofreu com o estoicismo desesperado de sua raçaetnia, e novas linhas apareceram no rosto de bronze de Malemute Kid.

Na verdade, Mason sofreu menos que qualquer um, pois passou seu tempo no leste do Tennessee, nas Montanhas Great Smoky, revivendo as cenas de sua infância. E o mais patético era a melodia de seu vernáculo sulista há muito esquecido, quando ele divagava entusiasmado sobre as piscinas naturais e caças de guaxinins e roubos de melancias. Era como grego para Ruth, mas Malemute Kid entendia e sentia — como só alguém isolado por anos de toda a civilização pode sentir.

O dia amanheceu trazendo consciência ao homem abatido, e Malemute Kid se inclinou mais perto para ouvir seus sussurros.

— Você se lembra de quando nos reunimos no Tanana, vai fazer quatro anos no próximo degelo? Eu não ligava muito para ela. Era mais porque ela era bonita e havia uma pitada de empolgação nisso, eu acho. Mas, você sabe, passei a ter muito afeto por ela. Ela tem sido uma boa esposa para mim, sempre ao meu lado no aperto. E quando chega a hora de negociar, você sabe que não há outra igual. E aquela vez em que ela se atirou nas corredeiras de Moosehorn para nos tirar daquela rocha, as balas atingindo a água como pedras de granizo? E a época da fome em Nuklukyeto, quando ela se antecipou ao degelo para nos trazer as notícias? Sim, ela tem sido uma boa esposa para mim, melhor do que a outra. Não sabia que houve uma outra? Nunca te disse, hein? Eu tentei uma vez, nos Estados Unidos. É por isso que estou aqui. Fomos criados juntos. Vim para dar a ela uma chance de ter o divórcio. E ela conseguiu. Mas isso não tem nada a ver com Ruth. Eu tinha pensado em arrumar tudo e puxar para o Exterior no ano que vem, eu e ela, mas é tarde demais. Não a mande de volta para seu povo, Kid. É muito difícil para uma mulher ter de voltar. Pense! Quase quatro anos comendo bacon, feijão, farinha e frutas secas, e depois voltar para o peixe e o caribu. Não é bom para ela ter se entendido com nossos costumes, ver que eles são melhores do que os de seu povo, e depois ter de voltar a ele. Cuide dela, Kid, você fará isso? Não, não fará. Você sempre se desvencilhou. E nunca me contou por que veio para este país. Seja gentil com ela e mande-a de volta para os Estados Unidos assim que puder. Mas de maneira que ela possa voltar; sabe, ela pode ficar com saudades de casa.

— E o pequeno... nos aproximou, Kid. Espero que seja um menino. Pense, carne da minha carne, Kid! Ele não deve ficar neste país. E se for uma menina, definitivamente não deve. Venda minhas peles; vão render pelo menos 5 mil, e eu tenho muito mais na companhia. E cuide dos meus interesses junto com os seus. Acredito que a reclamação do tribunal se resolverá. Cuide para que ele tenha uma boa educação, e Kid, acima de tudo, não o deixe voltar. Este país não é para homens brancos. Sou um homem morto, Kid. Três ou quatro noites, na melhor das hipóteses. Você tem de continuar. Você deve continuar! Lembre-se, minha esposa, meu filho; ó Deus! Espero que seja um menino! Você não pode ficar comigo... e eu, um homem moribundo, te ordeno que continue.

— Dê-me três dias — implorou Malemute Kid. — Você pode melhorar, algo ainda pode acontecer.

— Não.

— Só três dias.

— Devem continuar.

— Dois dias.

— São minha mulher e meu filho, Kid. Você não pediria por isso.

— Um dia.

— Não, não. Eu ordeno que...

— Só um dia. Racionamos a comida e eu posso matar um alce.

— Não. Tudo bem, um dia. E nem um minuto a mais. E, Kid, não... não me deixe enfrentar isso sozinho. Só um tiro, um puxão de gatilho. Você entende. Pense nisso! Carne da minha carne, e nunca viverei para vê-lo! Chame Ruth. Quero me despedir e dizer a ela que deve pensar no menino e não esperar até que eu morra. Caso contrário, ela pode se recusar a ir com você. Adeus, meu velho, adeus.

— Kid! Olhe... cave um buraco logo acima do cão, perto da encosta. Eu tirei de lá quarenta centavos de ouro com minha pá.

— E, Kid! — ele se curvou para ouvir suas últimas palavras fracas, a rendição do orgulho de um moribundo. — Sinto muito por... sabe, Carmen.

Deixando a jovem mulher chorando baixinho por seu marido, Malemute Kid vestiu sua parca e sapatos de neve, enfiou o rifle embaixo do braço e silenciosamente saiu para embrenhar-se na floresta. Ele não era nenhum novato nas severas tristezas do Norte, mas nunca havia enfrentado algo semelhante. De forma abstrata, tratava-se de uma premissa simples e matemática: três vidas possíveis contra uma já condenada. Mas agora ele hesitava. Durante cinco anos, ombro a ombro, nos rios e nas trilhas, nos campos e nas minas, enfrentando a morte por congelamento, enchentes e fome, eles haviam firmado os laços de sua camaradagem. O nó era tão apertado que muitas vezes ele teve consciência de um ligeiro ciúme de Ruth, desde a primeira vez que ela se colocou entre os dois. E agora ele teve de cortá-lo com as próprias mãos.

Embora ele tenha rezado por um alce, apenas um alce, toda a caça parecia ter abandonado a terra, e o cair da noite encontrou o homem exausto, rastejando de volta ao acampamento, com as mãos leves e o coração pesado. Um alvoroço entre os cães e gritos estridentes de Ruth o apressaram.

Chegando de rompante ao acampamento, ele viu a jovem mulher, no meio da matilha rosnando, golpeando ao seu redor com um machado. Os cães haviam quebrado a regra férrea de seus donos e estavam devorando a comida.

Ele entrou na briga com a coronha de seu rifle, e o velho jogo da seleção natural se repetiu com a brutalidade daquele ambiente primitivo. O rifle e o machado subiam e desciam, atingindo e errando com regularidade monótona; corpos ágeis lampejavam, com olhos selvagens e presas gotejantes; o homem e os animais lutaram pela supremacia até o mais amargo fim. Em seguida, as bestas derrotadas rastejaram até a borda da luz do fogo, lambendo suas feridas, expressando sua miséria para as estrelas.

Todo o estoque de salmão seco fora devorado, e talvez restassem dois quilos de farinha para sustentá-los ao longo de mais de trezentos quilômetros de deserto. Ruth voltou para o marido, enquanto Malemute Kid cortava o corpo quente de um dos cães, cujo crânio havia sido esmagado pelo machado. Cada peça foi cuidadosamente guardada, exceto a pele e as vísceras, que foram lançadas aos seus antigos companheiros.

A manhã trouxe novos problemas. Os animais se voltaram uns contra os outros. Carmen, que ainda se agarrava ao seu tênue fio de vida, foi devorada pela matilha. O chicote estalou entre eles, sem ser percebido. Eles se encolheram e uivaram sob os golpes, mas se recusaram a se dispersar até que o último pedaço miserável tivesse desaparecido; ossos, pele, pelos, tudo.

Malemute Kid continuou seu trabalho, ouvindo Mason, que estava de volta ao Tennessee, fazendo discursos confusos e exortações violentas a seus irmãos de outrora.

Aproveitando os pinheiros próximos, ele trabalhou rapidamente, e Ruth o observou fazer um esconderijo semelhante ao que os caçadores às vezes usam para manter a carne fora do alcance de lobos e cães. Dobrou as pontas de dois pequenos pinheiros, um em direção ao outro, quase encostando no chão, e os prendeu com tiras de couro de alce. Em seguida, bateu nos cães e os atrelou a dois dos trenós, carregando-os com tudo, exceto as peles que cobriam Mason, as quais ele passou e amarrou firmemente ao redor do corpo, prendendo as pontas das vestes aos pinheiros tortos. Um único golpe de sua faca de caça enviaria o corpo para o alto.

Ruth havia ouvido os últimos desejos do marido e não ofereceu resistência. Pobre mulher, ela havia aprendido bem a lição de obediência. Desde criança ela se curvava e via todas as mulheres se curvarem aos senhores da criação, e não parecia da natureza das coisas uma mulher resistir. Kid permitiu-lhe uma única explosão de dor quando ela foi beijar o marido (seu povo não tinha esse costume), depois a conduziu ao trenó principal e a ajudou a calçar as raquetes de neve. Cega e instintivamente, ela pegou a vara e o chicote e obrigou os cães a seguir pela trilha. Então, Kid voltou para Mason, que havia entrado em coma, e muito depois que ela já estava fora de vista, agachou-se perto do fogo, esperando, desejando, rezando para que seu companheiro morresse.

Não é agradável ficar sozinho com pensamentos lúgubres no Silêncio Branco. O silêncio da escuridão é misericordioso, embrulhando alguém como por proteção e exalando mil consolações intangíveis: mas o Silêncio Branco, luminoso, claro e frio sob céus de aço, é impiedoso.

Uma hora se passou, duas horas, mas o homem não morria. Ao meio-dia, o sol, sem erguer sua borda acima do horizonte sul, ameaçou brilhar contra os céus, mas logo recuou de volta. Malemute Kid despertou e rastejou para o lado de seu camarada. Ele lançou um olhar ao seu redor. O Silêncio Branco parecia zombar dele, e um grande medo se apoderou do homem. Um tiro certeiro foi disparado: Mason voou para sua sepultura aérea, e Malemute Kid açoitou os cães em um galope selvagem neve adentro.

O FILHO DO LOBO

É raro um homem dar o valor adequado às suas mulheres, ao menos até ser privado delas. Ele não tem concepção da atmosfera sutil que o sexo feminino exala, ainda que se banhe nela; experimente removê-lo dessa atmosfera, e um vazio crescente começará a se manifestar em sua existência, e ele ficará faminto, faminto de uma forma distraída, por algo tão incaracterizável que ele não conseguirá definir. Se seus camaradas forem ainda menos experientes que ele, eles balançarão a cabeça, confusos, e aconselharão um médico. Mas a fome vai continuar e se tornar mais forte; ele perderá o interesse pelas coisas de sua vida cotidiana e ficará mórbido; e um dia, quando o vazio se tornar insuportável, uma revelação cairá sobre ele.

No país de Yukon, quando isso acontece, o homem geralmente abastece um barco com vara, se for verão, e se for inverno, atrela seus cães e se dirige para o Sul. Poucos meses depois, supondo que ele esteja possuído por uma fé no país, ele retorna com uma esposa para compartilhar com ele essa fé e, incidentalmente, suas dificuldades. Isso, no entanto, serve para mostrar o egoísmo inato do homem. Leva-nos, também, ao drama de "Scruff" Mackenzie, que ocorreu nos velhos tempos, antes de a região ser abandonada e atingida por uma onda de che-cha-quas, quando Klondike só era manchete por suas pescas de salmão.

"Scruff" Mackenzie carregava os sinais distintivos de um nascimento e uma vida na fronteira. Seu rosto trazia a marca de vinte e cinco anos de luta incessante com a Natureza em seus humores mais bravios; os dois últimos, os mais selvagens e difíceis de todos, foram gastos na procura do ouro que jaz na sombra do Círculo Polar Ártico. Quando o mal da saudade veio sobre ele não o abateu, pois era um homem prático e já tinha visto outros homens assim atingidos. Mas não mostrou nenhum sinal de sua moléstia, exceto que estava trabalhando mais duro. Durante todo o verão, ele lutou contra os mosquitos e lavou as barras fluviais do rio Stuart por um duplo adiantamento. Em seguida, fez flutuar uma jangada de toras pelo Yukon em direção a Forty Mile e montou uma cabana tão confortável quanto qualquer outra que fosse motivo de orgulho para o acampamento. Tal era a promessa de aconchego, que muitos homens se elegiam como seus parceiros para morar com ele. Mas ele dava fim a tais aspirações com palavras ásperas, peculiares em sua força e brevidade, e comprava duplos suprimentos de comida no entreposto comercial.

Conforme já se observou, "Scruff" Mackenzie era um homem prático. Se ele queria algo, geralmente conseguia, mas, ao fazê-lo, não empreendia mais esforços do que o necessário. Embora fosse cria de labuta e sofrimento, ele era avesso a uma jornada de quinhentos quilômetros no gelo, uma segunda jornada de três mil quilômetros no oceano, e mais quatro mil e quinhentos quilômetros, ou quase isso, até seu último local de estampagem, — tudo na mera busca por uma esposa. A vida era muito curta. Assim, ele reuniu seus cães, amarrou uma carga inusitada em seu trenó e atravessou a bacia hidrográfica cujas últimas encostas a oeste eram drenadas pelo alcance da cabeça do Tanana.

Era um viajante determinado, e seus cães-lobo podiam trabalhar mais duro e viajar mais longe com menos comida do que qualquer outra parelha no Yukon. Três semanas depois, entrou em um acampamento de caça dos indígenas nativos de Upper Tanana. Eles se admiraram com a ousadia do homem, pois sua má reputação os fazia conhecidos por matar homens brancos por coisas insignificantes, tais como um machado afiado ou um rifle quebrado.

Mas Mackenzie foi até eles sozinho, sua postura sendo uma encantadora combinação de humildade, familiaridade, sangue frio e insolência. Era preciso uma mão hábil e um conhecimento profundo da mente bárbara para manejar essas armas diversas; mas ele era mais do que um mestre nessa arte e sabia quando conciliar e ameaçar com a fúria de Jeová.

Antes de tudo, prestou homenagem ao chefe Thling-Tinneh, presenteando-o com algumas libras de chá preto e tabaco e, assim, conquistou sua mais cordial consideração. Então, misturou-se aos homens e donzelas, e ofereceu um potlach[1] naquela noite.

A neve foi assentada em forma oblonga, talvez com trinta metros de comprimento e uns dez de largura. No centro, uma grande fogueira foi acesa, cada lado da qual foi acarpetado com ramos de abeto. As tendas foram abandonadas, e os cinquenta ou mais membros da tribo emprestaram sua língua às canções folclóricas em homenagem ao hóspede.

Os dois últimos anos de "Scruff" Mackenzie lhe ensinaram poucas centenas de palavras daquela língua, e ele aprendeu também seus profundos sons guturais, suas expressões idiomáticas e locuções japonesas, bem como partículas honoríficas e aglutinativas. Assim, ele construía orações à maneira deles, satisfazendo sua veia poética instintiva com rudes lampejos de eloquência e contorções metafóricas. Depois que Thling-Tinneh e o Xamã responderam em aquiescência, ele presenteou os homens da tribo com bugigangas, juntou-se a eles em suas canções e provou ser um especialista no jogo de apostas de cinquenta e duas estacas.

E eles fumaram seu tabaco e ficaram satisfeitos. Mas entre os homens mais jovens havia uma atitude desafiadora, um espírito de fanfarronice, facilmente discernido pelas insinuações broncas das mulheres desdentadas e pelas risadinhas das moças solteiras. Elas haviam conhecido poucos homens brancos — "Filhos do Lobo" — mas desses poucos aprenderam lições estranhas.

---

1 Cerimônia ritualística praticada pelos índios norte-americanos cujo propósito é promover a distribuição de bens daquele que é homenageado.

Mas "Scruff" Mackenzie, apesar de seu aparente descuido, não deixou de notar tal fenômeno. Na verdade, enrolado em suas peles de dormir, refletiu sobre tudo, pensou seriamente e esvaziou muitos cachimbos até planejar uma estratégia. Apenas uma das moças adentrara sua imaginação, ninguém menos que Zarinska, filha do chefe. Em suas feições, forma e porte, ela respondia mais de perto ao tipo de beleza do homem branco e era quase uma anomalia entre suas irmãs tribais. Ele a possuiria, faria dela sua esposa e a chamaria... ah, ele a chamaria de Gertrude! Tendo assim decidido, ele virou de lado e caiu no sono, um verdadeiro filho de sua raça etnia conquistadora, um Sansão entre os filisteus.

Era um trabalho lento e um jogo árduo, mas "Scruff" Mackenzie foi astuto em suas manobras, com uma indiferença que serviu para confundir os nativos. Teve muito cuidado para impressionar os homens de que era um atirador certeiro e um caçador poderoso, e o acampamento trovejou em aplausos quando ele derrubou um alce a seiscentos metros. Certa noite, visitou a cabana de peles de alces e caribus do chefe Thling-Tinneh, falando alto e distribuindo tabaco de forma generosa. Ele procurou honrar o Xamã de forma semelhante, porque entendia a influência do curandeiro sobre seu povo e estava ansioso para torná-lo um aliado. Mas tal notabilidade já seria alta e poderosa demais, e, já que não foi conquistada, determinou, a partir de então, o Xamã como um inimigo em potencial.

Embora nenhuma abertura tenha sida apresentada para uma conversa com Zarinska, Mackenzie lançava muitos olhares para ela, dando claros sinais de suas intenções. E bem ela sabia, mas, garrida, cercava-se de um cinturão de mulheres sempre que os homens estavam fora e ele pudesse ter uma chance. Mas ele não tinha pressa; até porque sabia que ela não conseguiria deixar de pensar nele, o que, ao passo de alguns dias, só o ajudaria.

Finalmente, certa noite, quando julgou que era a hora certa, ele deixou abruptamente a tenda enfumaçada do chefe e correu para uma tenda vizinha. Como de costume, lá estava ela, com as índias e moças solteiras ao seu redor, todas ocupadas em costurar mocassins e tricotar. Elas riram e fofocaram quando ele surgiu, o que fez Zarinska se sentir fortemente ligada a ele. Uma após a outra, iam se empurrando para a neve lá fora, após o que correram para espalhar a história por todo o acampamento.

A causa do homem foi bem defendida na língua dela, já que a dele não seria compreendida, e ao cabo de duas horas ele se levantou.

— Então Zarinska irá à tenda do Homem Branco? Certo! Vou agora ter uma conversa com seu pai, pois ele pode estar desprevenido. Vou lhe oferecer muitos presentes, ainda que ele não possa pedir muito. Se ele disser não? Certo! Ainda assim Zarinska irá à tenda do Homem Branco.

Ele já havia erguido a cortina de pele para partir, quando uma exclamação surda o trouxe de volta para o lado da jovem. Ela se ajoelhou no tapete de pele de urso, o rosto brilhando com a verdadeira luz de Eva, e timidamente desafivelou seu cinto pesado. Ele olhou para ela, perplexo, desconfiado, seus ouvidos atentos ao menor barulho lá fora.

Mas o próximo movimento dela desarmou suas dúvidas, e ele sorriu com prazer. Ela tirou de sua bolsa de costura uma bainha de couro de alce, trabalhada com contas cintilantes e fantasticamente desenhada. Sacou sua grande faca de caça, olhou com reverência ao longo do gume afiado, meio tentada a experimentá-la com o polegar, e a enfiou em seu novo receptáculo. Em seguida, moveu a bainha ao longo do cinto para sua localização usual, logo acima do quadril.

Mackenzie a levantou e varreu suavemente seus lábios vermelhos com os bigodes dele: para ela, a estranha carícia do Lobo. Foi um encontro entre a idade da pedra e a do aço. Mas ela não era nada menos que uma mulher, conforme atestavam suas bochechas coradas e a suavidade luminosa de seus olhos.

Havia um arrepio de excitação no ar quando "Scruff" Mackenzie, com um pacote volumoso debaixo do braço, abriu a cortina da tenda de Thling-Tinneh. As crianças corriam ao ar livre, arrastando lenha seca para o potlach; o murmúrio de vozes femininas ficava mais intenso; os rapazes se consultavam em grupos taciturnos, enquanto sons misteriosos de um encantamento subiam da tenda do Xamã.

O chefe estava sozinho com sua esposa de olhos embaçados, mas um olhar bastou para dizer a Mackenzie que a notícia já havia sido contada. Então, aludindo imediatamente ao assunto, ele colocou a bainha de contas com destaque para frente como anúncio do noivado.

— Ó Thling-Tinneh, poderoso chefe dos Sticks e da terra do Tanana, governante do salmão e do urso, do alce e do caribu! O Homem Branco está diante de ti com um grande propósito. Por muitas luas sua cabana esteve vazia, e ele está sozinho. E seu coração devorou a si mesmo em silêncio, e ansiou por uma mulher que se sentasse ao seu lado em sua cabana; que o esperasse da caça com fogo quente e boa comida. Ele ouviu coisas estranhas, o tamborilar de mocassins de bebês e o som de vozes de crianças. E certa noite ele teve uma visão, e ele viu o Corvo, que é teu pai, o grande Corvo, que é o pai de todos os Sticks. E o Corvo falou ao solitário Homem Branco: "Amarra teus mocassins em ti, cinge teus sapatos de neve, e açoita teu trenó, com comida para muitas noites e bons regalos para o Chefe Thling-Tinneh. Pois tu deverás virar o rosto para onde o sol do ápice da primavera afunda na terra, e viajar para os campos de caça deste grande chefe. Lá você fará grandes presentes, e Thling-Tinneh, que é meu filho, será como um pai para você. Em sua tenda há uma donzela em quem eu soprei o fôlego da vida por ti. Essa donzela tu deves tomar por esposa. Ó chefe, assim falou o grande Corvo; assim deposito muitos presentes a teus pés; assim vim tomar tua filha!". O velho puxou as peles sobre si com plena consciência de sua realeza, mas demorou a responder, enquanto um jovem entrava silenciosamente, entregava uma mensagem rápida a ser apresentada perante o conselho, e saía.

— Ó Homem Branco, a quem chamamos de Matador de Alces, também conhecido como o Lobo e o Filho do Lobo! Sabemos que tu vens de uma raça etnia poderosa; estamos orgulhosos de ter-te como nosso hóspede potlach; mas o rei-salmão não se acasala com o cão-salmão, nem o Corvo com o Lobo.

— Não é bem assim! — gritou Mackenzie. — Encontrei as filhas do Corvo nas terras do Lobo: a mulher índia de Mortimer, a de Tregido, a de Barnaby, que veio há dois degelos, e ouvi falar de outras, embora meus olhos não as notassem.

— Filho, suas palavras são verdadeiras; mas eram uniões malignas, como a da água com a areia, como a dos flocos de neve com o sol. Conheceu um Mason e sua mulher índia? Não? Ele veio dez degelos atrás; o primeiro de todos os lobos. E com ele estava um homem poderoso, reto e como um rebento de salgueiro e alto, forte como o urso de caninos brancos, um coração como a lua cheia de verão, seu...

— Ah! — interrompeu Mackenzie, reconhecendo a conhecida figura das Terras do Norte. — Malemute Kid!

— O próprio. Homem poderoso. Mas viu a índia? Ela era genuína irmã de Zarinska.

— Não, chefe, mas eu ouvi falar. Mason... muito, muito ao norte, uma árvore de abeto, pesada com os anos, esmagou sua vida sob o tronco. Mas seu amor era grande e ele tinha muito ouro. Com o ouro e o filho, ela viajou incontáveis noites em direção ao sol do meio-dia de inverno, e lá ela ainda vive, sem geada cortante, sem neve, sem sol da meia-noite de verão, sem noite de meio-dia de inverno.

Um segundo mensageiro os interrompeu com apelos imperiosos do conselho. Quando Mackenzie os empurrou sobre a neve, teve um vislumbre das formas oscilantes diante da fogueira do conselho, ouviu os graves profundos dos homens em cantos rítmicos e soube que o Xamã estava alimentando a ira de seu povo. O tempo urgia. Ele se voltou para o chefe.

— Venha! Desejo tua filha. Veja! Aqui está, tabaco, chá, muitas xícaras de açúcar, cobertores quentes, lenços bons e grandes; e aqui, um verdadeiro rifle, com muitas balas e muita pólvora.

— Não — respondeu o velho, lutando contra a grande riqueza espalhada diante dele. — Meu povo está reunido. Eles não vão querer esse casamento.

— Mas tu és o chefe.

— No entanto, meus jovens estão em fúria porque os lobos levaram suas moças solteiras para que eles não se casem.

— Ouça-me, Thling-Tinneh! E antes que a noite se transforme em dia, o Lobo voltará as faces de seus cães para as Montanhas do Leste e partirá para o País de Yukon. E Zarinska mostrará o caminho para os cães.

— Mas antes que a noite chegue à metade do seu curso, meus jovens atirarão aos cães a carne do Lobo, e seus ossos serão espalhados na neve até que a primavera os deixe nus.

Era ameaça e contra ameaça. A tez bronzeada de Mackenzie enrubesceu sombriamente. Ele ergueu a voz. A velha índia, que até então estivera sentada como uma espectadora impassível, fez menção de se esgueirar por trás dele em direção à porta.

A canção dos homens parou de repente e houve um burburinho de muitas vozes quando ele empurrou a velha com força, fazendo com que ela rodopiasse em direção à cama de pele.

— Mais uma vez eu peço; ouça, Thling-Tinneh! O Lobo morre com os dentes cerrados e, ao lado dele dormirão dez de seus homens mais fortes; homens que são necessários, pois a caça não começou e a pesca não está a muitas luas de distância. Ora, que vantagem minha morte traria? Eu conheço o costume do teu povo; a parte que terás da minha riqueza será muito pequena. Conceda-me a tua filha, e tudo será teu. E mais uma vez, meus irmãos virão, e eles são muitos, e suas mandíbulas nunca ficam satisfeitas; e as filhas do Corvo criarão seus filhos nas tendas do Lobo. Meu povo é maior do que o teu. É o destino. Conceda-me, e toda essa riqueza será tua.

Mocassins esmagavam a neve do lado de fora. Mackenzie largou o rifle para engatilhá-lo e soltou os Colts gêmeos em seu cinto.

— Conceda-me, ó chefe!

— Ainda assim, meu povo dirá não.

— Conceda-me, e a riqueza será tua. E tratarei com teu povo depois.

— O Lobo terá uma resposta. Vou levar seus presentes, mas ele está avisado.

Mackenzie passou por cima das mercadorias, tomando cuidado para travar o gatilho do rifle, e finalizou o negócio com um lenço de seda caleidoscópico. O Xamã e meia dúzia de jovens bravos entraram, mas ele saiu da tenda, passando por eles e empurrando-os descaradamente com os ombros.

— Arrume suas coisas — foi sua saudação lacônica a Zarinska ao passar por sua tenda e correr para atrelar os cães.

Poucos minutos depois, ele entrou no conselho à frente da equipe, a mulher ao seu lado. Ele ocupou seu lugar na extremidade superior da peça oblonga, ao lado do chefe, e colocou Zarinska à sua esquerda, um passo mais para trás: o lugar apropriado. Além disso, a hora estava propícia para ataques injuriosos e havia necessidade de proteger sua retaguarda.

Em ambos os lados, os homens agacharam-se perto do fogo, suas vozes elevadas em um canto folclórico de um passado esquecido. Repleto de cadências estranhas, hesitantes, e repetições obsessivas, não se tratava de um canto bonito. "Assustador" ainda não o definiria por completo. Na extremidade inferior, sob o olhar do Xamã, dançavam dezenas de mulheres. Severas foram suas reprovações àquelas que não se entregaram totalmente ao êxtase do rito. Meio escondidas em suas pesadas mechas de cabelos negros e desgrenhados, que caíam até a cintura, elas balançavam lentamente para frente e para trás, suas formas ondulando num ritmo em constante mudança.

Era uma cena estranha; um anacronismo. Ao Sul, o século 19 estava encerrando os poucos anos de sua última década;

aqui florescia o homem primitivo, uma sombra transplantada do habitante das cavernas pré-históricas, fragmento esquecido do Mundo Antigo. Os cães-lobo de cor fulva sentavam-se entre seus mestres vestidos de pele ou lutavam por espaço, a luz do fogo projetada para trás por pupilas vermelhas e presas gotejantes. A floresta, envolta em mortalha fantasmagórica, dormia desatenta. O Silêncio Branco, que no momento pairava sobre a floresta ao redor, parecia cada vez mais esmagador em suas entranhas; as estrelas dançavam em grandes saltos, como de costume na época da Grande Geada, ao mesmo tempo em que os Espíritos do Polo arrastavam suas vestes gloriosas pelos céus.

"Scruff" Mackenzie percebia vagamente a grandeza selvagem do cenário, enquanto seus olhos, cercados pelas bordas da pele, varriam de um lado a outro, em busca de rostos perdidos. Seu olhar descansou por um momento sobre um bebê recém-nascido sugando o seio nu de sua mãe. Fazia 40 graus abaixo de zero; ele pensou nas ternas mulheres de sua etnia e sorriu sombriamente. Foi das entranhas de uma daquelas ternas mulheres que ele brotou com uma herança real; uma herança que deu a ele e a seu povo o domínio sobre a terra e o mar, sobre os animais e os povos de todas as regiões. Uma mão contra cinco, cercado pelo inverno ártico, longe dos seus, ele sentiu o impulso de sua herança, o desejo de possuir, o perigo selvagem – o amor selvagem pelo perigo, o poder de conquistar ou morrer.

O canto e a dança cessaram, e o Xamã explodiu em rude eloquência. Penetrando nas sinuosidades de sua vasta mitologia, ele trabalhou astutamente com amparo na credulidade de seu povo. O caso era grave. Colocando frente a frente os princípios criativos incorporados na Gralha e no Corvo, ele estigmatizou Mackenzie como o Lobo; o princípio da luta e da destruição. Não era apenas o combate dessas forças espirituais, mas os homens estavam lutando, cada um por seu totem. Eram filhos do Corvo, o portador do fogo de Prometeu; Mackenzie era filho do Lobo, ou em outras palavras, do Demônio. Para eles, conceder uma trégua a essa guerra perpétua, casar suas filhas com o arqui-inimigo, era traição e blasfêmia no mais alto escalão. Nenhuma frase seria dura ou vil o suficiente para rotular Mackenzie como um intruso furtivo e emissário de Satanás. Um rugido contido e selvagem ecoou nas profundezas do peito de seus ouvintes, conforme ele ganhava o ritmo de seu grandioso discurso.

— Sim, meus irmãos, o Corvo é todo-poderoso! Ele não trouxe fogo do céu para que nos aquecêssemos? Ele não arrancou o sol, a lua e as estrelas de seus buracos para que pudéssemos vê-los? Ele não nos ensinou que podemos lutar contra os Espíritos da Fome e da Geada? Mas agora o Corvo está zangado com seus filhos, e eles agora são poucos, e ele não mais os ajudará. Pois os filhos se esqueceram dele, e fizeram coisas más, e percorreram maus caminhos, e levaram seus inimigos para suas tendas para se sentarem perto de suas fogueiras. E o Corvo está triste com a maldade de seus filhos; mas quando eles se levantarem e mostrarem que voltaram, ele sairá das trevas para ajudá-los. Ó irmãos! O Portador do Fogo sussurrou mensagens para o teu xamã; o mesmo ouvireis. Que os homens jovens levem as mulheres jovens para suas casas; deixemos que os filhos do Corvo voem na garganta do Lobo; que eles sejam imortais em sua disputa! Então suas mulheres se tornarão fecundas e se multiplicarão em um povo poderoso! E o Corvo guiará as grandes tribos de seus pais e dos pais de seus pais, e dominar as regiões que se estendem para além do Norte; e eles derrotarão os lobos até que queimem como fogueiras do passado; e eles governarão novamente sobre toda a terra! Esta é a mensagem do Corvo.

Esse prenúncio da vinda do Messias arrancou um clamor rouco dos Sticks, quando eles se puseram de pé. Mackenzie tirou os polegares das luvas e esperou. Houve um clamor pela Raposa, que não cessou até que um dos homens jovens se aproximou para falar.

— Irmãos! O Xamã falou com sabedoria. Os Lobos levaram nossas mulheres, e nossos homens não têm filhos. Fomos reduzidos a um punhado. Os lobos pegaram nossas peles quentes e trocaram por elas espíritos malignos que habitam em garrafas, e roupas que não vêm do castor ou do lince, mas que são feitas de relva. Elas não aquecem, e nossos homens morrem de doenças estranhas. Eu, a Raposa, não me casei com nenhuma mulher; e por quê? Por duas vezes as mulheres jovens que me agradaram foram para os campos do Lobo. Mesmo agora, coloquei peles de castor, de alce, de caribu, para ganhar o favor dos olhos de Thling-Tinneh, para me casar com Zarinska, sua filha. Mesmo agora, os sapatos de neve de Zarinska estão amarrados a seus pés, prontos para abrir o caminho para os cães do Lobo. Mas não estou falando apenas por mim. Assim também aconteceu com o Urso. Ele também teria sido o pai dos filhos dela de bom grado, e curou muitas peles com tal fim. Falo por todos os homens jovens que não têm esposas. Os Lobos estão sempre famintos. Eles sempre matam para pegar a carne escolhida. Aos Corvos, sobram os restos.

— Ali está Gugkla — gritou ele, apontando com brutalidade para uma das mulheres, uma jovem aleijada. — Suas pernas são dobradas como as costelas de uma canoa de bétula. Ela não pode colher lenha nem carregar a carne dos caçadores. Os Lobos a escolheram? – os homens da tribo reagiram com gritos.

— Lá está Moyri, cujos olhos foram atravessados pelo Espírito Maligno. Até os bebês ficam assustados ao olhá-la, e dizem que o Rosto Vazio conduz o caminho dela. Ela foi escolhida? — novamente estalou o aplauso cruel.

— E ali está Pischet. Ela não dá ouvidos às minhas palavras. Nunca ouviu o som da tagarelice, a voz do marido, o balbucio do filho. Ela mora no Silêncio Branco. Os Lobos a quiseram? Não! Deles é a escolha da caça; os restos são nossos. Irmãos, isso não se perpetuará! Os Lobos não devem mais se esgueirar entre nossas fogueiras. Chegou a hora — uma grande aurora ígnea, a aurora boreal roxa, verde e amarela, disparou pelo zênite, ligando horizonte a horizonte. Com a cabeça jogada para trás e os braços estendidos, ele chegou ao clímax.

— Atenção! Os espíritos de nossos pais se levantaram, e grandes feitos estão prestes a acontecer esta noite!

Ele deu um passo para trás, e outro jovem avançou um tanto timidamente, empurrado por seus camaradas. Com a cabeça erguida acima dos outros, o peito largo desafiadoramente exposto ao gelo, ele balançava hesitante de um pé para o outro. Estava inquieto; as palavras vacilavam em sua língua. Seu rosto era horrível de se ver, pois no passado fora meio que rasgado por algum golpe violento. Por fim, ele bateu no peito com o punho cerrado, soando como um tambor, e sua voz retumbou como ondas numa caverna oceânica.

— Eu sou o Urso; o Ponteira-de-Prata e o Filho do Ponteira-de-Prata! Quando minha voz ainda era fina, matei o lince, o alce e o caribu; quando minha voz era como o assovio dos carcajus em seu esconderijo, atravessei as Montanhas do Sul e matei três dos Rios Brancos; quando minha voz se tornou como o rugido do Chinook, encontrei o urso-pardo careca, e não fraquejei – então, fez uma pausa, a mão varrendo as horríveis cicatrizes.

— Eu não sou como a Raposa. Minha língua é como o rio congelado. Não sou de discursos. Minhas palavras são poucas. A Raposa diz que grandes feitos estão prestes a acontecer esta noite. Muito bem! A conversa flui da língua dele como riachos de água doce na primavera, mas ele é cauteloso em suas façanhas. Esta noite eu vou lutar com o Lobo. Eu o matarei, e Zarinska se sentará perto do meu fogo. O Urso falou.

Embora o pandemônio avançasse sobre ele, "Scruff" Mackenzie se manteve firme.

Percebendo o quanto inútil um rifle é de perto, ele deslizou os dois coldres da pistola para frente, pronto para a ação, e puxou as luvas até que suas mãos estivessem mal protegidas pelas manoplas de cotovelo. Ele sabia que não havia chance de um ataque em massa, mas — fiel a seu orgulho — estava preparado para morrer com os dentes cerrados. Mas o Urso conteve seus camaradas, abatendo os mais impetuosos com seus terríveis punhos. Quando o tumulto começou a diminuir, Mackenzie lançou um rápido olhar na direção de Zarinska. Era uma visão soberba. Ela estava inclinada para frente com seus sapatos de neve, os lábios entreabertos e as narinas dilatadas, como uma tigresa prestes a saltar. Seus grandes olhos negros estavam fixos nos homens de sua tribo, com uma expressão de medo e desafio. A tensão era tão extrema que ela se esqueceu de respirar. Com uma das mãos pressionada em espasmos contra o peito e a outra agarrada com força no chicote, ela parecia petrificada. Assim que ele olhou para ela, veio o alívio. Seus músculos relaxaram; com um suspiro profundo, ela deu um passo atrás, voltando ao homem um olhar que continha mais do que amor: adoração.

Thling-Tinneh tentava falar, mas seu povo abafava sua voz. Então Mackenzie avançou. A Raposa abriu a boca para soltar um grito agudo, mas Mackenzie se lançou contra ele de forma tão selvagem que o índio recuou, sua laringe borbulhando com sons abortados. Sua derrota foi saudada com gargalhadas e serviu para apaziguar os companheiros, tornando-os mais dispostos a ouvir.

— Irmãos! O Homem Branco, a quem vocês escolheram chamar de Lobo, veio até vocês com belas palavras. Ele não se mostrou como os Innuit; não disse mentiras. Veio como um amigo, como alguém que seria um irmão. Mas agora esses homens tiveram sua voz, e o tempo das palavras suaves já passou.

— Em primeiro lugar, direi que o Xamã tem uma língua maligna e é um falso profeta, que as mensagens que ele disse não são as do Portador do Fogo. Seus ouvidos estão fechados para a voz do Corvo, e tece fantasias astutas em sua cabeça, e enganou a todos vocês. Ele não tem nenhum poder.

— Quando os cachorros foram mortos e comidos, e seus estômagos estavam todos cheios de peles cruas e tiras de mocassins; quando os velhos morreram, as velhas morreram e os bebês nas tetas secas das mães morreram; quando a terra escureceu e vocês pereceram como o salmão no outono; sim, quando a fome veio sobre vocês, o Xamã trouxe alguma recompensa para seus caçadores? O Xamã colocou carne em sua barriga? Novamente eu digo, o Xamã não tem poder. Assim eu cuspo na cara dele! Embora tomados de surpresa com o sacrilégio, não houve alvoroço. Algumas mulheres ainda estavam assustadas, mas os homens pareciam levantar-se, como se estivessem se preparando ou antecipando o milagre. Todos os olhos se voltaram para as duas figuras centrais. O sacerdote percebeu o momento crucial, sentiu seu poder vacilar, abriu a boca em desgosto, mas fugiu para trás diante do avanço truculento — punho erguido e olhos faiscantes — de Mackenzie. Sorrindo zombeteiramente, ele se deteve.

— Será que fui mortalmente ferido? Será que um raio me acertou? Será que as estrelas caíram do céu e me esmagaram? Para mim, chega desse cachorro! Agora vou falar do meu povo, que é o mais poderoso de todos os povos, que governa em todas as terras. No início, caçamos como eu caço, sozinhos. Então caçamos em matilhas; e por fim, como nas manadas de caribus, nos espalhamos pela terra. Aqueles que recebemos em nossas tendas vivem; aqueles que não vêm, morrem. Zarinska é uma jovem mulher formosa, cheia e forte, pronta para se tornar a mãe dos Lobos. Mesmo se eu morrer, assim será; pois meus irmãos são muitos e eles seguirão o cheiro dos meus cães. Ouça a Lei dos Lobos: quem tirar a vida de um Lobo, dez de seu povo pagarão a pena. Em muitas terras o preço foi pago; em muitas terras ainda será.

— Agora, vamos à Raposa e ao Urso. Parece que eles lançaram seus olhos sobre a jovem. Então? Saibam que eu a comprei! Thling-Tinneh apoia-se sobre seu rifle; os bens estão sob sua mira. Ainda assim, serei justo com os rapazes. À Raposa, cuja língua está seca de palavras, darei cinco grandes maços de fumo. Assim sua boca será molhada para que ela possa fazer muito barulho no conselho. Mas ao Urso, de quem muito me orgulho, darei dois cobertores; de farinha, vinte xícaras; de tabaco, o dobro da Raposa; e se ele passar comigo pelas Montanhas do Leste, darei a ele um rifle, irmão do de Thling-Tinneh. Muito bem! O Lobo está cansado de falar. E mais uma vez ele proferirá a Lei: Quem tirar a vida de um Lobo, dez de seu povo pagarão a pena.

Mackenzie sorriu ao voltar para sua antiga posição, mas seu coração estava cheio de inquietação. A noite ainda estava escura. A jovem moveu-se para perto dele, e ele ouviu atentamente suas palavras sobre as artimanhas do Urso com sua faca, em combate.

A decisão foi pela guerra. Em um piscar de olhos, dezenas de mocassins espalharam neve pelo espaço, perto do fogo. Houve muitas conversas sobre a aparente derrota do Xamã; alguns alegaram que ele, no entanto, manteve seu poder, ao passo que outros concordaram com o Lobo. O Urso caminhou até o centro do campo de batalha, na mão, a longa lâmina nua de uma faca de caça russa. A Raposa chamou a atenção para os revólveres de Mackenzie; então ele tirou o cinto, afivelando-o ao redor de Zarinska, em cujas mãos também confiou seu rifle. Ela balançou a cabeça, dizendo que não podia atirar – que mínima chance teria uma mulher de manusear bens tão preciosos?

— Então, se o perigo chegar pelas minhas costas, grite "meu marido!"; assim, em voz alta, "meu marido!".

Ele riu, beliscou sua bochecha e voltou a entrar no círculo. O Urso tinha vantagem sobre ele não apenas em alcance e estatura, mas também sua lâmina era mais longa uns bons cinco centímetros. "Scruff" Mackenzie já havia olhado nos olhos dos homens antes, e sabia que esse era um homem que se opunha firmemente a ele; e ainda assim acelerou os reflexos de luz em seu aço, no pulso dominante de sua raçaetnia.

Golpe após golpe, ele foi forçado a se afastar do fogo ou da neve profunda e, repetidamente, num jogo de pés tático como o de um pugilista, voltou ao centro. Nenhuma voz ouviu em encorajamento, ao passo que seu antagonista foi encorajado com aplausos, estímulos e advertências. Mas seus dentes se cerraram ainda mais quando as facas se chocaram, e ele empurrava ou se esquivava com uma frieza nascida de uma força consciente. De início, sentiu compaixão por seu inimigo, sentimento que logo se desvaneceu ante o instinto de vida primordial, que por sua vez deu lugar à luxúria da matança. Os dez mil anos de cultura desapareceram dele, e agora era um habitante das cavernas, lutando por sua mulher.

Duas vezes ele conseguiu perfurar o Urso, escapando ileso; mas não na terceira, e para se salvar, suas mãos livres se fecharam em punhos lutadores, e dois homens estavam frente a frente.

Então ele percebeu a tremenda força de seu oponente. Seus músculos estavam contraídos em nódulos dolorosos, e cordas e tendões ameaçavam se romper com o esforço; no entanto, o aço russo estava cada vez mais perto. Ele tentou fugir, mas enfraqueceu. O círculo coberto de peles se fechou, certo do golpe final. Mas, com o truque de lutador, balançando ligeiramente para o lado, ele atingiu o adversário com a cabeça. O Urso inclinou-se, perdendo seu centro de gravidade. Ao mesmo tempo, Mackenzie tropeçou muito oportunamente e jogou todo o seu peso para frente, arremessando-o através do círculo na neve espessa. O Urso cambaleou e voltou a toda velocidade.

— Oh, meu marido! — a voz de Zarinska ressoou, vibrante de perigo.

Ao som reverberante de uma corda de arco, Mackenzie se abaixou ao chão, e uma flecha alinhada, de ossos afiados, passou por cima dele e atingiu o peito do Urso, com tal força que o derrubou sobre seu inimigo agachado. No instante seguinte, Mackenzie estava de pé, e o Urso, caído imóvel, mas do outro lado do fogo estava o Xamã, puxando uma segunda flecha. A faca de Mackenzie saltou no ar. Ele agarrou a lâmina pesada pela ponta. Houve um lampejo de luz quando a arma atravessou o fogo. Então o Xamã, com apenas o punho da faca despontando de sua garganta, cambaleou por um momento e caiu para frente, sobre as brasas ardentes.

— Clique! Clique! — a Raposa havia se apossado do rifle de Thling-Tinneh e tentava em vão posicionar um cartucho no lugar. Mas o deixou cair ao som da risada de Mackenzie.

— Então a Raposa não aprendeu a usar o brinquedo? Ele ainda é uma mulher. Venha! Pode vir, vou lhe mostrar!

A Raposa hesitou.

— Eu que digo que venha!

Ele se inclinou para frente, como um vira-lata espancado.

— Assim... e assim; é assim que se faz.

Uma bala se encaixou, e o gatilho estava no pino de disparo quando Mackenzie o apoiou por cima do ombro.

— A Raposa disse que grandes feitos aconteceriam esta noite, e ele falou a verdade. Houve grandes feitos, mas os menores dentre eles foram os da Raposa. Ele ainda pretende levar Zarinska para sua tenda? Ele está disposto a trilhar o caminho já aberto pelo Xamã e pelo Urso? Não? Muito bem!

Mackenzie se virou com desprezo e tirou a faca da garganta do sacerdote.

— Algum dos jovens está disposto? Se sim, o Lobo os pegará de dois em dois ou três em três, até que não reste mais nenhum. Thling-Tinneh, agora te dou este rifle uma segunda vez. Se nos próximos dias você for viajar para o país de Yukon, saiba que sempre haverá um abrigo e comida de sobra junto ao fogo do Lobo. A noite agora está se transformando em dia. Eu vou, mas posso voltar. E, pela última vez, lembre-se da Lei do Lobo!

Ele parecia um ser sobrenatural aos olhos dos outros quando se juntou a Zarinska. Ela assumiu seu lugar à frente da equipe e os cães começaram a andar. Alguns momentos depois, foram engolidos pela floresta fantasmagórica. Até então, Mackenzie havia esperado; e então, deslizou em suas raquetes para segui-la.

— O Lobo esqueceu de seus maços? — Mackenzie se voltou para a Raposa com raiva; então o humor da situação o atingiu.
— Vou te dar um maço pequeno.

— Como o Lobo achar conveniente — respondeu humildemente a Raposa, estendendo a mão.

OS HOMENS DE FORTY MILE

Quando Big Jim Belden se aventurou no comentário inócuo de que o gelo moído era "muito estranho", não tinha ideia de onde isso levaria. Nem Lon McFane, quando afirmou que a âncora de gelo era ainda mais; tampouco Bettles, ao imediatamente discordar, declarando que a própria existência de tal forma era quase sobrenatural.

— E você diz isso depois de todos os anos que passamos naquelas terras — exclamou Lon —, comendo da mesma panela por dias a fio?

— Mas não faz sentido — insistiu Bettles. — Veja, a água é mais quente que o gelo.

— E a diferença é ainda menor quando se rompe o gelo.

— Você já foi levado por águas cristalinas como vidro, quando, de repente, como uma nuvem que cobre o sol, um gelo pastoso sobe borbulhando sem parar de margem a margem e por toda parte cobre o rio, drenando-o, como uma primeira nevasca?

— Unh, hunh! Mais de uma vez, quando tirava uma soneca sobre o leme. Mas sempre saía do canal lateral mais próximo e não borbulhava assim sem parar.

— E sem tirar o olho do leme?

— Não; e nem você viria. É pura lógica. Qualquer homem concordaria.

Bettles virou-se para os que estavam ao redor do fogareiro, mas a discussão era entre ele e Lon McFane.

— Com ou sem lógica, o que estou dizendo é verdade. Há um ano, no outono passado, Charley de Sitka e eu vimos a cena, descendo as corredeiras, que você conhece muito bem, ao longo do Fort Reliance. O tempo estava normal no outono, o sol brilhando nos lariços dourados e nos choupos, e a luz tremeluzia em cada onda; a distância, você podia ver o inverno e a névoa azul do Norte descendo de mãos dadas. Você também viu isso, o gelo se formando espesso nas margens do rio e nos redemoinhos; então a fagulha cortante do ar se faz sentir no sangue: cada inalação restaura o seu ânimo e sua vontade de viver. É quando o mundo se torna pequeno e o espírito viajante assume o controle.

— Mas estou me desviando do assunto. Como eu dizia, estávamos remando sem nenhum vestígio de gelo, exceto o dos redemoinhos, quando o índio ergue o remo e grita: "Lon McFane, olhe para baixo!". E eu, que só tinha ouvido falar, não esperava ver. Você sabe que Charley de Sitka, como eu, também não nasceu na região, então aquilo era novo para nós. Soltamos os remos, cada um inclinando a cabeça sobre uma das laterais e olhando para baixo através da água cristalina. Lembrei-me dos dias em que vivi entre os pescadores de pérolas, vendo crescerem os bancos de coral que pareciam jardins sob o mar. E lá estava ele, o gelo ancorado, concentrado e agarrado a cada pedra, como se fosse coral branco.

— Mas o melhor ainda estava por vir. Conforme a correnteza passava, a água rapidamente ficava da cor de leite, e a parte superior se movia em pequenos círculos, como quando os peixes sobem à superfície na primavera ou uma gota d'água cai do céu. Era o gelo ancorado subindo. À direita e à esquerda, até onde a vista alcançava, a água ficava igualmente coberta. Era como mingau, escorregadio ao longo da casca da canoa e grudado como cola nos remos. Muitas outras vezes passei por aquelas correntezas, antes e depois daquele dia, mas nunca mais vi nada igual. É uma daquelas coisas que só vê uma vez na vida.

— Não me diga! — comentou Bettles secamente. — Você acha que acredito nessa história? Eu digo que a luz brilhante ofuscou seus olhos e o sopro do ar dobrou sua língua.

— Foram meus próprios olhos que viram, e Sitka Charley confirmaria tudo se estivesse aqui.

— Mas fatos são fatos; não há como mudá-los. Não é da natureza das coisas que a água mais distante do ar congele primeiro.

— Mas meus próprios olhos...

— Não ponha mais lenha nessa fogueira — advertiu Bettles, sentindo a raiva celta crescer rapidamente.

— Então não acredita em mim?

— Já que você está tão defensivo, não; acredito primeiro na natureza e nos fatos.

— Está me taxando de mentiroso? — Lon trovejou. — Bem, você deveria perguntar àquela índia que é sua mulher. Que ela decida, porque eu falo a verdade.

Bettles explodiu em uma fúria repentina. O irlandês o havia ferido involuntariamente; pois sua esposa era a filha mestiça de um comerciante de peles russo, casou-se com ele na Missão Grega de Nulato, cerca de mil e quinhentos quilômetros abaixo do Yukon, sendo, portanto, de uma casta muito mais elevada do que a esposa Siwash comum, ou nativa. Era uma nuance do Norte que só os aventureiros do Norte entendiam.

— Acho que entendeu certo — foi sua afirmação deliberada.

Em um segundo, Lon McFane o derrubou no chão, o círculo foi quebrado e meia dúzia de homens ficou entre eles.

Bettles se pôs de pé, enxugando o sangue da boca.

— Não pense que sou um amador nesse jogo, e muito menos que isso vai passar em branco.

— E nunca em minha vida aceitei mentiras de um homem mortal — foi a cortês resposta. — Não há de ver o dia em que não estarei por perto, esperando ajudá-lo a pagar suas dívidas, sem impor condições.

— Ainda tem aquele rifle 38-55?

Lon acenou com a cabeça.

— É melhor você encontrar um calibre mais apropriado. O meu vai fazer buracos do tamanho de nozes em você.

Era uma coisa trivial; mas entre esses homens, coisas triviais, alimentadas por temperamentos explosivos e naturezas teimosas, logo se transformam em coisas nada triviais. Além disso, a arte do vale-tudo é como uma semente dos tempos vindouros, e os homens de Forty Mile, reféns do longo inverno ártico, acostumaram-se a muita comida e à ociosidade forçada, e tornaram-se tão irritáveis quanto as abelhas no outono, quando as colmeias transbordam mel.

Era uma terra sem leis. A Polícia Montada também era coisa do futuro. Cada homem media a ofensa dirigida a ele e estabelecia uma punição conforme ela o afetava. Raramente era necessário intervir, e nunca, na enfadonha história do acampamento, o oitavo mandamento da Lei de Deus foi violado.

Big Jim Belden convocou uma reunião improvisada. "Scruff" Mackenzie foi escolhido como presidente provisório e um mensageiro foi enviado para solicitar os bons ofícios do Padre Roubeau. A situação deles era paradoxal, e eles sabiam disso. Pelo direito de poder, eles poderiam interferir para evitar o duelo; no entanto, tal ação ia contra suas convicções, embora correspondesse a seus desejos. Apesar de que sua ética bruta e obsoleta reconhecesse a prerrogativa individual de eliminar golpe com golpe, eles não podiam suportar a ideia de dois bons camaradas, como Bettles e McFane, se enfrentando até a morte. Considerando o homem que não luta após sofrer uma provocação um covarde, quando levado à prova, parecia errado que ele devesse lutar.

Mas uma confusão de mocassins e gritos altos, seguida de um tiro de pistola, interrompeu a discussão. Então as portas da tempestade se abriram e Malemute Kid entrou, um Colt fumegante na mão e um brilho de alegria nos olhos.

— Eu o peguei — e trocando o cartucho vazio, acrescentou: —, seu cachorro, Scruff.

— Yellow Fang? — Mackenzie perguntou.

— Não, o de orelhas caídas.

— Demônio! Não havia nada de errado com aquele.

— Vá lá e dê uma olhada.

— Bem, não importa. Deve estar infectado. Yellow Fang voltou esta manhã, deu uma boa mordida nele, e quase me deixou viúvo. Ele investiu contra Zarinska, mas ela sacudiu a saia na cara dele e saiu da bagunça sem saia e rolando bem na neve. Então o condenado voltou para a floresta. Espero que não volte. Você perdeu algum de seus cães?

— Um, o melhor do grupo, Shookum. Começou doido esta manhã, mas não foi muito longe. Meteu-se com a equipe de Sitka Charley, e eles o espalharam por toda a rua. Agora dois estão correndo como loucos, então ele ainda teve tempo de infectá-los. Se não fizermos algo, o contingente canino será muito pequeno na primavera.

— E o dos homens também.

— Como assim? Quem está encrencado agora?

— Bettles e Lon McFane tiveram uma discussão, e em alguns minutos se encontrarão perto do charco para resolver.

Contaram-lhe o que tinha acontecido, e Malemute Kid, habituado à obediência que os seus semelhantes sempre lhe prestaram, encarregou-se do assunto. Ele lhes explicou o plano que imediatamente formulou, e todos prometeram seguir sua liderança tacitamente.

— Então, vejam — ele concluiu —, nós não tiramos seu privilégio de lutar; no entanto, não acredito que eles vão lutar quando entenderem a beleza do esquema. A vida é um jogo, e os homens são os apostadores. Eles vão apostar tudo que têm em uma chance em mil. Tire essa chance e... eles não jogam.

— Ele se virou para o homem encarregado do posto: — Lojista, meça três braças de sua melhor manilha de um centímetro e meio de espessura. Vamos abrir um precedente que marcará os homens de Forty Mile até o fim dos tempos profetizados.

Então ele enrolou a corda em seu braço e conduziu seus seguidores para a rua, bem a tempo de esbarrar nos protagonistas.

— Que diabos estava pensando quando trouxe minha esposa para isso? — trovejou Bettles ao encontrar o olhar tranquilizante de um amigo. — Bobagem — concluiu com decisão. — Grande bobagem — ele repetiu enquanto andava de um lado para o outro e esperava por Big Jim Belden.

Quanto a Lon McFane, seu rosto estava quente e a língua ferina, no movimento de insurreição diante da Igreja. — Então, pai — exclamou ele —, é com o coração alvoroçado que vou me enrolar em mantas fumegantes e me deitar sobre um leito de brasas. Nunca se dirá que Lon McFane engoliu uma mentira sem levantar a mão! E não vou pedir nenhuma bênção! Os anos foram loucos, mas o coração estava no lugar certo.

— Mas não é o coração, Lon — interpôs o padre Roubeau. — É o orgulho que o convida a matar seu semelhante.

— Seu francês — respondeu Lon. Ele se virou para se afastar, e acrescentou: — Você vai rezar uma missa se a sorte se voltar contra mim?

Mas o padre sorriu e virou-se com os pés calçados em mocassins em direção ao leito branco do rio silencioso. Uma trilha fechada, da largura de um trenó de quatorze polegadas, conduzia ao charco. De cada lado, neve fofa. Os homens avançaram em fila indiana, sem falar, e o padre, entre eles e com a estola preta, deu ao ato o aspecto solene de um funeral. Era um dia ameno de inverno para Forty Mile, um daqueles dias em que o céu, pesado como nunca, ficava mais próximo da terra, e o mercúrio descia à incomum marca de 30 graus abaixo de zero. Mas não havia alegria nessa amenidade. Havia pouco ar nos estratos superiores e as nuvens pairavam imóveis, em uma sombria promessa de uma nevasca precoce. E a terra, sem resposta, não fez nenhuma preparação, satisfeita em sua hibernação.

Quando alcançaram o charco, Bettles, tendo repassado na cabeça a briga durante a caminhada silenciosa, soltou um convencido "Bobagem!", ao passo que Lon McFane mantinha um silêncio desencorajador. Tamanha era sua indignação, que ele nem conseguia falar.

No entanto, no fundo, quando desconsideravam seus erros, os dois homens se admiravam com a atitude de seus camaradas. Eles esperavam que eles objetassem, e esse consentimento tácito os feriu. Parecia-lhes que mereciam algo mais daqueles homens com quem haviam se tornado tão íntimos e sentiam que algo estava errado, incomodados pelo fato de tantos de seus irmãos terem vindo, como se fosse uma ocasião especial, sem dizer uma única palavra em protesto, para vê-los abrir fogo um contra o outro. Era como se seu valor tivesse diminuído aos olhos da comunidade. As diligências os deixaram intrigados.

— Costas com costas, David. Serão cinquenta passos cada homem ou o dobro?

— Cinquenta — foi a resposta sanguinária, rosnada e assertiva.

No entanto, a manilha recém-cortada, apesar de não estar visivelmente exposta, mas enrolada no braço de Malemute Kid, chamou a atenção do irlandês e o fez estremecer de medo.

— E o que você está fazendo com essa corda?

— Apresse-se! — disse Malemute Kid enquanto olhava para o relógio. – É para minha fornada de pão na cabana. Além disso, meus pés estão ficando frios.

O restante dos homens manifestou sua impaciência de várias maneiras sugestivas.

— Pois é novinha, Kid, e certamente seu pão não é pesado a ponto de precisar de uma corda dessa, é?

A essa altura, Bettles já estava virado de costas. O padre Roubeau, com o humor da situação começando a se manifestar, escondeu um sorriso por trás da mão.

— Não, Lon; esta corda está destinada para um homem. — Malemute Kid era capaz de soar bastante impactante às vezes.

— Que homem? — Bettles teve consciência de seu interesse pessoal na questão.

— O outro homem.

— E qual é aquele que você consideraria o outro?

— Escute, Lon... e você também, Bettles! Estivemos conversando sobre esse pequeno impasse de vocês e chegamos a uma conclusão. Sabemos que não temos o direito de interromper esse duelo...

— Ponto para você, meu rapaz!

— E não vamos. Mas há uma coisa que podemos fazer e faremos: tornar este o único duelo na história de Forty Mile; um verdadeiro exemplo para qualquer aprendiz nestas terras, não importa de onde eles venham. O homem que se livrar da morte será enforcado na árvore mais próxima. Agora, vão! Prossigam!

Lon sorriu incerto, então seu rosto se iluminou.

— Vamos contar os passos, David; cinquenta passos, meia-volta, e não paramos de atirar até que um deles caia morto. O coração deles não permite que façam o que dizem, é apenas um daqueles blefes típicos dos Ianques.

Ele esboçou um sorriso satisfeito no rosto, mas Malemute Kid o interrompeu.

— Lon! Faz muito tempo que você me conhece?

— Há muitas luas.

— E você, Bettles?

— Cinco anos na próxima enchente de junho.

— E você alguma vez, em todo esse tempo, me viu violar minha palavra? Ou ouviu falar que eu a violei?

Os dois homens balançaram a cabeça, tentando compreender o que viria a seguir.

— Bem, então, o que você acha de uma promessa feita por mim?

— Eu nunca duvidaria dela — respondeu Bettles.

— Mais certo que o próprio céu sobre nós — confirmou Lon McFane prontamente.

— Ouçam! Eu, Malemute Kid, dou minha palavra, e vocês sabem o que isso significa, que o homem que não morrer com os tiros será enforcado com esta corda dez minutos depois do início do duelo.

Então ele deu um passo para trás como Pôncio Pilatos teria feito depois de lavar as mãos. O silêncio se abateu sobre os homens de Forty Mile. O céu desceu ainda mais, enviando um voo cristalino de geada: pequenos desenhos geométricos, perfeitos, evanescentes como a respiração, mas destinados a existir até que o próximo sol tivesse coberto metade de sua jornada ao norte.

Os dois homens tinham muito pouca esperança, mas a mantinham, meio zombando, meio a sério, e em suas almas uma fé inabalável no Deus do Acaso. Mas aquela divindade misericordiosa não fora convidada para o assunto em questão. Os homens estudaram o rosto de Malemute Kid, como quem estuda a misteriosa Esfinge. Com o passar dos minutos, começaram a sentir que cabia a eles falar. Finalmente, o uivo de um cão-lobo vindo de Forty Mile quebrou o silêncio. O som fantasmagórico cresceu com a emoção pungente de um coração partido e depois se transformou em um soluço prolongado.

— Que diabos! — Bettles ergueu a gola de sua jaqueta de lã e olhou em volta, desamparado.

— Que magnífico jogo o seu, Kid — gritou Lon McFane. — Todas as glórias para a casa e nenhum triz para o homem que resiste. Nem ao próprio diabo tal coisa agradaria. Nem a mim.

Houve risadas, mascaradas com pigarros, e piscadelas limpando a geada de seus cílios, enquanto os homens escalavam a margem recortada de gelo e atravessavam a rua em direção ao posto. Mas o longo uivo estava mais próximo, e havia uma nova nota ameaçadora nele. Uma mulher gritou, dobrando a esquina. Houve um grito de "Lá vem ele!". Então, um menino índio, à frente de meia dúzia de cães assustados, competindo com a morte, irrompeu na multidão. E atrás veio Yellow Fang, um lampejo cinza de pelos espetados. Todos, exceto o ianque, fugiram.

O menino índio tropeçou e caiu. Bettles parou para agarrá-lo pela folga de suas peles, depois se dirigiu para uma pilha de lenha já ocupada por vários de seus camaradas. Yellow Fang se concentrou em perseguir um dos cães e saltou. O animal em fuga, livre da raiva, mas enlouquecido de medo, derrubou Bettles e disparou rua acima. Malemute Kid disparou em direção a Yellow Fang. O cão deu uma cambalhota no meio do ar, caiu para trás e, com um único salto, alcançou metade da distância até Bettles.

Mas o salto fatal foi interceptado. Lon McFane surgiu das lenhas empilhadas e pegou o cachorro no ar. Eles rolaram juntos no chão, Lon segurando-o pelo pescoço e tentando empurrá-lo, piscando sob a baba fétida que espirrava em seu rosto. Então Bettles, revólver na mão e friamente esperando uma chance, encerrou o combate.

— Este foi um jogo justo, Kid — comentou Lon, levantando-se e sacudindo a neve das mangas —, com uma vantagem justa para mim, que resisti.

Naquela noite, enquanto Lon McFane buscava os braços clementes da Igreja na direção da cabana do padre Roubeau, Malemute Kid falou por muito tempo, com certa prolixidade.

— Mas você... — insistiu Mackenzie —, supondo que eles tivessem lutado?

— Eu alguma vez quebrei minha palavra?

— Não, mas não é essa a questão. Responda à pergunta. Você iria mesmo?

Malemute Kid se endireitou.

— Scruff, não parei de me fazer essa pergunta o tempo todo, e...

— E então?

— E então que ainda não encontrei a resposta.

EM UM PAÍS DISTANTE

Quando um homem viaja para um país distante, ele deve estar preparado para esquecer muitas das coisas que aprendeu; para adquirir os costumes que são inerentes à existência na nova terra, ele deve abandonar os velhos ideais e os velhos deuses, e muitas vezes ele deve reverter os códigos segundo os quais sua conduta foi moldada até então. Para aqueles que possuem a multiforme faculdade da adaptabilidade, a novidade de tal mudança pode até ser uma fonte de prazer; mas, para aqueles que estão enraizados aos caminhos que os criaram, é insuportável a pressão do ambiente alterado e tudo os deixam irritados, de corpo e alma, com as novas restrições, as quais não entendem. Esse atrito gera ação e reação, produzindo diversos males e levando-os a vários infortúnios. Seria melhor para o homem que não consegue se encaixar na nova rotina voltar para seu país; se ele demorar muito, certamente morrerá.

O homem que volta as costas aos confortos de uma velha civilização para enfrentar a juventude selvagem, a simplicidade primordial do Norte, pode estimar o sucesso na proporção inversa da quantidade e da qualidade de seus hábitos irremediavelmente fixos. Ele logo descobrirá, se for um candidato adequado, que os hábitos materiais são os menos importantes. A troca de coisas, como um menu delicado, por uma refeição crua; do sapato de couro rígido pelo mocassim macio e deformado, da cama de penas por um cobertor na neve, afinal, é uma coisa fácil. Mas sua dificuldade virá em aprender a moldar sua atitude mental para com todas as coisas, e sobretudo para com seus semelhantes. Deverá substituir a bondade da vida comum com desinteresse, indulgência e tolerância. Assim, e somente assim, será merecedor do bem inestimável — a verdadeira camaradagem. Ele não deve dizer "obrigado"; deve expressá-lo sem abrir a boca, e provar isso ao corresponder da mesma forma. Em suma, ele deve substituir a palavra pela ação, a letra pelo espírito.

Quando o mundo vibrou com a história do ouro do Ártico e a atração do Norte arrebatou os corações dos homens, Carter Weatherbee desistiu de seu confortável emprego de escriturário, entregou a metade de suas economias para sua esposa e com o restante comprou uma nova roupa. Não havia nada de romântico em sua natureza, a escravidão do comércio havia destruído tudo. Ele estava simplesmente farto da rotina incessante e queria correr grandes riscos por grandes recompensas. Como muitos outros tolos, desprezando as velhas trilhas usadas pelos pioneiros das terras do Norte por vários anos, ele correu para Edmonton na primavera do ano; e lá, para o infortúnio de sua alma, juntou-se a um grupo de homens.

Não havia nada de incomum nesse grupo, exceto seus planos. Até mesmo seu objetivo, como o de todos os outros, era o Klondike. Mas a rota que haviam traçado para atingir esse objetivo tiraria o fôlego do nativo mais resistente, nascido e criado para as vicissitudes do Noroeste. O próprio Jacques Baptiste, nascido de uma mulher Chippewa e um voyageur[2] renegado (foi em uma tenda de pele de veado, ao norte do paralelo sessenta e cinco, que ele, pela primeira vez, vocalizou um lamento, e o silenciaram com deliciosas chupetas de sebo cru), ficou surpreso. Embora tenha vendido seus serviços a eles e concordado em viajar para o gelo incessante, ele balançava a cabeça ameaçadoramente sempre que seu conselho era solicitado.

A estrela do mal de Percy Cuthfert devia estar em ascensão, pois ele também se juntou a essa companhia de argonautas. Era um homem comum, com uma conta bancária tão vasta quanto sua cultura, o que diz muito. Não tinha razão para embarcar em

---

2 Homens que transportavam pele entre as fábricas distantes do Norte. Eram vistos como heróis, homenageados em músicas folclóricas.

tal aventura, absolutamente nenhuma, exceto que ele sofria de um desenvolvimento anormal de sentimentalismo. E ele o confundiu com o verdadeiro espírito de romance e aventura. Muitos outros homens fizeram o mesmo e cometeram um erro fatal.

Os primeiros degelos da primavera encontraram o grupo seguindo o curso congelado do rio Elk. Era uma frota imponente, pois a equipe era grande e estava acompanhada de um escandaloso contingente de voyageurs mestiços, com suas mulheres e filhos. Dia após dia, eles trabalhavam com pequenos barcos e canoas, lutavam contra mosquitos e outras pragas afins, ou suavam e praguejavam nas embarcações. Uma labuta severa como essa desnuda um homem até as raízes de sua alma, e antes que o lago Athabasca se perdesse no Sul, cada membro do grupo revelaria seu verdadeiro caráter.

Os dois resmungões e evasivos crônicos eram Carter Weatherbee e Percy Cuthfert. Nenhum outro homem da expedição reclamava tanto de suas dores e sofrimentos quanto eles. Nunca se ofereciam para as milhares de pequenas tarefas no acampamento. Um balde de água para ser trazido, uma braçada extra de lenha para ser picada, os pratos para serem lavados e enxugados, uma busca a ser feita entre a equipe por algum artigo repentinamente indispensável — e esses dois rebentos decadentes da civilização descobriam torções ou bolhas doloridas exigindo atenção instantânea.

Eles eram os primeiros a retornar à noite, com uma série de tarefas ainda não realizadas; os últimos a saírem pela manhã, quando a partida deveria estar pronta antes do café da manhã. Eram os primeiros a aparecer na hora das refeições, os últimos a ajudar na cozinha; os primeiros a degustar uma iguaria fina, os últimos a descobrir que tinham pegado a parte de outro homem. Quando remavam, astutamente cortavam a água a cada braçada e permitiam que o impulso do barco contornasse o remo. Achavam que ninguém os notava; mas seus camaradas praguejavam baixinho e passaram a odiá-los, enquanto Jacques Baptiste os desprezava abertamente e os amaldiçoava da manhã à noite. Mas Jacques Baptiste não era um cavalheiro.

No Great Slave, eles compraram cães da baía de Hudson, e a frota ficou pesada com sua carga adicional de peixes secos e pemican³. Então a canoa e o barco responderam à rápida corrente do Mackenzie, e eles mergulharam no Grande Solo Estéril. Todos os prováveis "tributários" foram prospectados, mas a alusiva "terra do ouro" se esquivava cada vez mais para o Norte. No Grande Urso, dominados pelo medo generalizado das Terras Desconhecidas, seus voyageurs começaram a desertar, e o Forte da Boa Esperança viu o último e mais bravo homem se dobrando aos cabos de reboque, enquanto resistiam à corrente pela qual haviam deslizado tão traiçoeiramente.

Jacques Baptiste ficou sozinho. Ele não tinha jurado viajar até o gelo incessante? Os falsos mapas, compilados principalmente a partir de boatos, eram agora constantemente consultados.

E sentiram necessidade de se apressar, pois o sol já havia passado seu solstício do Norte e levava o inverno para o Sul novamente. Contornando as margens da baía, onde o Mackenzie desemboca no Oceano Ártico, entraram na foz do rio Little Peel. Então começou a árdua labuta rio acima, e os dois Incapazes se saíram pior do que nunca. Cordas e mastros, remos e correias, velozes e portentosas: tais torturas serviam para causar um profundo desgosto por grandes perigos a um, e imprimir ao outro uma ardente inspiração sobre o verdadeiro romance de aventura. Um dia se rebelaram e, sob as maldições de Jacques Baptiste, se revoltaram contra ele como vermes. Mas o mestiço açoitou os dois e os mandou, feridos e sangrando, para o trabalho. Foi a primeira vez que sofreram nas mãos de um homem.

Abandonando suas embarcações fluviais na cabeceira do Little Peel, eles passaram o resto do verão no longo transporte que os levou através da Bacia Mackenzie até West Rat. Esse pequeno riacho alimentava o rio Porcupine, que por sua vez se juntava ao Yukon, onde aquela poderosa rodovia do Norte

---

3 Mistura usada pelos índios norte-americanos como superalimento nutritivo que consistia de carne-seca e gordura.

cruza o Círculo Polar Ártico. Mas eles haviam perdido na corrida contra o inverno e, um dia, amarraram suas jangadas no gelo espesso dos redemoinhos e despacharam suas mercadorias apressadamente. Naquela noite, o rio congelou e quebrou várias vezes; na manhã seguinte, adormeceu para sempre.

— Não podemos estar a mais de seiscentos quilômetros do Yukon — concluiu Sloper, correndo a unha do polegar pela escala do mapa.

O conselho, no qual os dois Incapazes reclamaram em grande desvantagem, estava chegando ao fim.

— Hudson Bay Post, muito tempo atrás. Não adianta, agora.

O pai de Jacques Baptiste havia feito a viagem para a Companhia de Peles nos velhos tempos; os dedos dos pés congelados casualmente marcando o caminho.

— Santo Deus! — gritou um homem da companhia. — Sem alvos?

— Nenhum alvo — afirmou Sloper sentenciosamente. — Mas são apenas mais oitocentos quilômetros subindo o Yukon até Dawson. Digamos, mil e quinhentos a partir daqui. — Weatherbee e Cuthfert gemeram em coro.

— Quanto tempo isso vai demorar, Baptiste? — o mestiço calculou por um momento.

— Trabalhando como no inferno, sem ninguém levar bala, dez, vinte, quarenta, cinquenta dias. Se esses bebês vierem (designando os Incapazes), não posso dizer. Talvez quando o inferno congelar; talvez não, também.

A fabricação de sapatos para neve e mocassins cessou. Alguém chamou pelo nome de um membro ausente, que saiu de uma cabana antiga à beira da fogueira e se juntou a eles. A cabana era um dos muitos mistérios que se escondiam nos vastos recessos do Norte. Construída quando e por quem, nenhum homem poderia dizer.

Duas sepulturas a céu aberto, com pilhas altas de pedras, talvez contivessem o segredo daqueles primeiros viajantes. Mas que mãos empilharam as pedras? O momento havia chegado.

Jacques Baptiste parou para consertar um arreio e amarrou o cão inquieto à neve. O cozinheiro protestou silenciosamente pelo atraso, jogou um punhado de bacon em uma panela de feijão barulhenta e depois chamou a atenção. Sloper pôs-se de pé. Seu corpo estava em ridículo contraste com o físico saudável dos Incapazes. Amarelado e fraco, escapou de uma febre sul-americana, não interrompeu sua fuga pelas várias regiões e ainda era capaz de trabalhar com homens. Talvez ele pesasse quarenta quilos, incluindo sua pesada faca de caça, e seu cabelo grisalho aludia a uma masculinidade que não existia mais. Os músculos fortes e jovens de Weatherbee ou Cuthfert eram iguais a dez vezes o esforço dele. No entanto, ele era capaz de deixá-los caídos no chão em um dia de caminhada. E durante todo o dia ele encorajou seus camaradas mais fortes a se aventurarem nos milhares de quilômetros das piores adversidades imagináveis. Ele era a personificação da inquietação de sua raçaetnia, e a velha teimosia teutônica, temperada com a rapidez e ação do ianque; ele mantinha a carne subserviente ao espírito.

— Todos aqueles que são a favor de continuar com os cães assim que o gelo endurecer, digam sim.

— Sim! — oito vozes exclamaram, vozes destinadas a trilhar um caminho de juramentos por centenas de quilômetros de sofrimento.

— Alguém se opõe?

— Não!

Pela primeira vez, os Incapazes se juntaram sem comprometer os interesses pessoais.

— E o que você está planejando fazer? — Weatherbee acrescentou, beligerantemente.

— A maioria decide! A maioria decide! — clamaram os demais.

— Sei que a expedição pode fracassar se você não vier — Sloper respondeu suavemente. —, mas acho que, se fizermos um grande esforço, conseguiremos superar isso.

— O que dizem, rapazes?

O sentimento ecoou em aplausos.

— Mas, você sabe — Cuthfert se atreveu a dizer — o que um homem como eu pode fazer?

— Você não vem conosco?

— Não.

— Então faça o que quiser, por favor. Não há mais nada a dizer.

— Eu acho que você pode resolver isso com aquele seu parceiro — um homem gordo de Dakota sugeriu, apontando para Weatherbee. — Ele certamente perguntará o que você planeja fazer ao cozinhar e coletar lenha.

— Então, está tudo arranjado — concluiu Sloper.

— Partiremos amanhã e acamparemos a oito quilômetros de distância, apenas para deixar as coisas prontas e ver se esquecemos de alguma coisa.

Os trenós rangeram em seus patins de metal e os cães quase roçavam o chão puxando os arreios nos quais estavam fadados a morrer.

Jacques Baptiste parou ao lado de Sloper para dar uma última olhada na cabana. A fumaça surgia pateticamente da chaminé do Yukon. Os dois Incapazes os observavam da porta.

Sloper pousou a mão no ombro do outro.

— Jacques Baptiste, você já ouviu falar dos gatos Kilkenny? — o mestiço balançou a cabeça. — Bem, meu amigo e bom camarada, os gatos Kilkenny lutaram até não sobrar nem pele, nem pelo, nem miau. Você entendeu? Até que nada restasse. Muito bom. Agora, esses dois não gostam de trabalhar. Eles ficarão sozinhos naquela cabana durante todo o inverno, um longo e escuro inverno. Gatos Kilkenny, hein? — o homem francês em Baptiste deu de ombros, mas o índio que havia nele silenciou. No entanto, foi um encolher de ombros eloquente, prenhe de profecias.

No início, as coisas iam bem na pequena cabana. A brutalidade de seus camaradas tornara Weatherbee e Cuthfert conscientes da responsabilidade mútua que cabia a eles; além disso, não havia muito trabalho para dois homens saudáveis. E a ausência do chicote cruel ou, em outras palavras, do mestiço intimidador, trouxe uma reação alegre. No início, cada um se esforçou para superar o outro, realizando pequenas tarefas com uma afetação que teria surpreendido seus companheiros, que agora estavam desgastando seus corpos e almas no Longo Caminho.

Os homens se despreocuparam por completo. A floresta, que se abria sobre eles por três lados, era um depósito de lenha inesgotável. A poucos metros de sua porta dormia o rio Porcupine, e um buraco em seu manto de inverno criou uma fonte de água cristalina e dolorosamente fria. Mas eles logo começaram a achar defeitos até mesmo nisso. O buraco persistia em congelar, fazendo com que passassem muitas horas quebrando gelo. Os construtores desconhecidos da cabana haviam estendido as toras laterais de modo a suportar um esconderijo na parte traseira. Nele estava armazenado o grosso das provisões da companhia. Havia comida suficiente para três vezes os homens que estavam fadados a viver dela. Mas a maior parte era do tipo que fazia crescer músculos e tendões, e não necessariamente agradável ao paladar.

É verdade que havia açúcar em abundância para dois homens comuns; mas esses dois eram pouco mais do que crianças. Eles logo descobriram as virtudes da água quente saturada com açúcar, e mergulhavam suas panquecas e embebiam suas cascas de pão no rico xarope branco.

Então, o café e o chá, e especialmente as frutas secas, renderam desastrosas investidas. As primeiras palavras que eles trocaram foram sobre a questão do açúcar. E é uma coisa realmente séria quando dois homens, sozinhos, na companhia somente um do outro, começam a brigar.

Weatherbee adorava discorrer abertamente sobre política, ao passo que Cuthfert, que passara boa parte da vida cortando cupons e desejando que a comunidade seguisse o melhor caminho, ignorava o assunto ou proferia surpreendentes epigramas. Mas o escriturário era obtuso demais para apreciar a formação inteligente do pensamento, e Cuthfert se irritava com esse desperdício de munição.

Ele estava acostumado a cegar as pessoas com seu brilhantismo, e era-lhe difícil aceitar essa perda de público. Ele sentiu-se pessoalmente ofendido e, inconscientemente, responsabilizou seu companheiro cabeçudo por isso. Exceto pela existência, eles não tinham nada em comum, não concordavam em um único ponto.

Weatherbee era um escriturário que nunca conheceu outra coisa em sua vida; Cuthfert era formado em filosofia e letras, gostava de pintura e tinha escrito bastante. Um era um homem de classe baixa que se considerava um cavalheiro, e o outro era um cavalheiro e assim se reconhecia. Com base nisso, pode-se observar que um homem pode ser um cavalheiro sem possuir o instinto primitivo da verdadeira camaradagem. O escriturário era tão sensual quanto o outro era esteta, e seus casos amorosos, narrados em detalhes e em grande parte extraídos de sua imaginação, afetavam o graduado ultrassensível como lufadas de gás de esgoto. Ele considerava o escriturário um bruto imundo e inculto, cujo lugar era na lama com os porcos, e disse-lhe isso; e, por sua vez, foi informado de que era um maricas desenxabido e um pulha. Weatherbee não podia, nem por uma vida inteira, definir "pulha"; mas seu propósito estava cumprido, o que, afinal, parece o ponto principal da vida.

Por horas a fio, Weatherbee, ignorando o tom certo das notas, cantava canções como *The Boston Burglar* e *The Handsome Cabin Boy*, ao passo que Cuthfert chorava de raiva, até não aguentar mais e fugir para o frio lá fora. Mas não havia escapatória. Não conseguia suportar o frio intenso por muito tempo, e a pequena cabana se encontrava entulhada; camas, fogão, mesa e tudo mais, em um espaço de dez por doze. A simples presença de um tornou-se uma afronta pessoal ao outro, e eles ficavam imersos em silêncios taciturnos que aumentavam, com o passar dos dias, em duração e intensidade. De vez em quando, olhavam furtivamente um para o outro ou entreabriam os lábios, embora lutassem para se ignorar completamente durante esses períodos de mudez.

E uma grande admiração crescia no peito de cada um, sobre como Deus podia ter chegado a criar o outro.

Com pouco a fazer, o tempo tornou-se um fardo insuportável para eles. Isso naturalmente os deixou ainda mais preguiçosos. Eles caíram em uma letargia física da qual não havia como escapar e que os fez se rebelar contra a tarefa mais insignificante. Certa manhã, quando era sua vez de preparar o desjejum comum, Weatherbee saiu de debaixo das cobertas e, em meio aos roncos de seu companheiro, acendeu primeiro a lamparina e depois o fogo. As chaleiras estavam congeladas e não havia água para lavá-las. Mas ele não se importou com isso. Esperando que elas descongelassem, ele cortou o bacon e se dedicou à odiosa tarefa de fazer pão. Cuthfert o observava astutamente pelas pálpebras semicerradas.

Como resultado, houve uma discussão, ao final da qual eles se abençoaram com fervor e concordaram, a partir de então, que cada um fizesse a própria comida. Uma semana depois, Cuthfert negligenciou suas abluções matinais e comeu complacentemente a refeição que havia preparado. Weatherbee sorriu. Depois disso, o tolo costume de se lavar desapareceu de suas vidas.

À medida que a pilha de açúcar e outros pequenos luxos diminuíam, eles começaram a temer não estar recebendo seus devidos quinhões, e, para evitar serem roubados, começaram a se empanturrar. Os bens sofreram nessa competição glutona, assim como os homens.

A ausência de vegetais frescos e exercícios tornou seu sangue empobrecido, e asquerosas erupções roxas se espalharam por seus corpos. No entanto, eles ignoraram o aviso. Em seguida, seus músculos e juntas começaram a inchar, sua carne escureceu, ao passo que suas bocas, gengivas e lábios adquiriram a cor de um creme gorduroso. Em vez de se tornarem cúmplices na compartilhada miséria, cada um se regozijava com os sintomas do outro, enquanto o escorbuto progredia.

Eles perderam todo o respeito pela aparência pessoal e, por assim dizer, o pudor comum. A cabana tornou-se um chiqueiro, e em nenhum momento as camas foram feitas ou galhos de pinheiro frescos colocados debaixo delas. No entanto, eles não conseguiram manter seus cobertores como teriam desejado, pois a geada era inexorável e o fogareiro consumia muito combustível. Os pelos de suas cabeças e rostos ficaram longos e desgrenhados, ao passo que suas roupas enojariam um molambento. Mas eles não se importaram. Estavam doentes e não havia ninguém ali para ver; além disso, era muito doloroso fazer muitos movimentos.

E havia um novo problema, o Medo do Norte. Esse medo era filho do Grande Frio e do Grande Silêncio, e nasceu na escuridão de dezembro, quando o sol se escondeu no horizonte para sempre. Isso os afetou na proporção de suas naturezas. Weatherbee foi vítima das superstições mais grosseiras e fez o possível para ressuscitar os espíritos que dormiam nas sepulturas esquecidas. Era algo fascinante, e em seus sonhos eles vinham até ele do frio e se aninhavam em seus cobertores, contando-lhe suas labutas e sofrimentos que os levaram à morte. Ele se encolhia ante o contato úmido, ao que eles se aproximavam e enroscavam seus membros congelados sobre ele, e quando sussurravam em seu ouvido o que estava por vir, a cabana ressoava com seus gritos assustados. Cuthfert não entendia (pois eles não falavam mais) e, quando assim era acordado, invariavelmente agarrava o seu revólver. Ele se sentava na cama, tremendo de nervosismo, com a arma apontada para o sonhador inconsciente. Cuthfert decidiu que o homem havia enlouquecido e começou a temer por sua vida.

Sua moléstia assumiu uma forma menos concreta. O misterioso artesão que havia construído a cabana, tora por tora, havia pregado um cata-vento na viga mestra. Cuthfert percebeu que o aparelho sempre apontava para o Sul e, um dia, irritado com sua fixação, ele o virou para o leste. Observou ansiosamente, mas nem um sopro surgiu para perturbá-lo. Então ele virou o cata--vento para o Norte, jurando nunca mais tocá-lo até que o vento soprasse. Mas a calma sobrenatural no ar o assustava, e muitas vezes ele se levantava no meio da noite para ver se o cata-vento tinha mudado: dez graus já o teriam contentado. Mas não, o aparelho pairava sobre sua cabeça tão imutável quanto o destino.

Sua imaginação entrou em profusão, até que o cata-vento se tornou para ele um fetiche. Às vezes, ele seguia o caminho que o aparelho apontava através dos domínios sombrios e deixava seu espírito se impregnar de medo. Ele meditou sobre o invisível e o desconhecido, até que o peso da eternidade parecia esmagá-lo. Tudo nas terras do Norte parecia sucumbir àquele efeito esmagador: a ausência de vida e movimento; a escuridão; a paz infinita da terra ensimesmada; o silêncio medonho, que tornava o eco de cada batida do coração um sacrilégio, e a floresta solene, que parecia guardar algo horrível e inexprimível, que nem palavra nem pensamento podiam abranger.

O mundo que ele acabara de deixar, com suas nações industriosas e seus grandes empreendimentos, parecia muito distante. Memórias se obstruíam de tempos em tempos; memórias de mercados, galerias e ruas lotadas, de vestidos de noite e eventos sociais, de bons homens e amáveis mulheres que ele conhecera. Mas eram memórias nebulosas de uma vida que ele viveu muitos séculos atrás em outro planeta. Esse fantasma era a Realidade.

Parado sob o cata-vento, com os olhos fixos nos céus polares, ele não conseguia acreditar que as terras do Sul realmente existiam, que naquele exato momento abundavam vida e movimento nelas. Não havia terra do Sul, não havia homem nascido de mulher, não havia matrimônios concedidos nem contraídos.

Além de seu horizonte sombrio, estendiam-se vastas solidões, e além dessas, solidões ainda mais vastas. Não havia terras ensolaradas, carregadas com o perfume das flores. Essas coisas eram apenas velhos sonhos do paraíso. As terras ensolaradas do Ocidente e as especiarias do Oriente, as alegres Arcádias e as ilhas gloriosas dos bem-aventurados — haha! Sua risada rasgou o vazio e o chocou com seu som incomum. Não havia sol.

Este era o Universo, morto, frio e escuro, e ele era seu único habitante. Weatherbee? Nesses momentos, Weatherbee não contava. Era um *caliban*[4], um fantasma monstruoso, acorrentado a ele por eras incontáveis, punição por algum crime esquecido.

Ele conviveu com a morte entre os mortos, fragilizado pelo senso da própria insignificância, esmagado pelo domínio passivo das idades adormecidas. A magnitude de todas as coisas o horrorizou. Tudo era superlativo, exceto ele mesmo: a perfeita cessação do vento e do movimento, a imensidão da selva coberta de neve, a altitude do céu e a profundidade do silêncio. Aquele cata-vento... se ao menos se movesse. Se um raio caísse ou a floresta pegasse fogo...

O rolar dos céus como um pergaminho, o julgamento final; qualquer coisa, qualquer coisa! Mas não, nada se movia. O silêncio o encurralou e o Medo do Norte agarrou seu coração com dedos congelados.

Certa vez, como outro Crusoé, ele encontrou pegadas na margem do rio; o tênue rendilhado de uma lebre na delicada crosta de neve. Foi uma revelação.

Havia vida nas Terras do Norte. Ele iria segui-la, contemplá-la, recriar-se nela.

Ele se esqueceu de seus músculos inchados enquanto mergulhava na neve profunda em um êxtase de antecipação. A floresta o engoliu e o breve crepúsculo do meio-dia se foi, mas ele persistiu em sua busca até que sua natureza exausta o derrubasse indefeso na neve.

Entre gemidos, amaldiçoou sua loucura. Então, soube que a pegada tinha sido produto de sua imaginação. Mais tarde, naquela noite, rastejou para a cabana de joelhos, as bochechas congeladas e uma estranha dormência em seus pés. Weatherbee sorriu para ele, mas não se ofereceu para ajudá-lo. Ele enfiou agulhas entre os dedos dos pés e os descongelou perto do forno. Uma semana depois, foi tomado de vergonha.

---

4 Caliban é uma personagem da peça de Shakespeare "A Tempestade"; um escravo selvagem e deformado do mágico Próspero, filho da bruxa Sycorax que aprisionou a fada Ariel por desobediência.

Mas o escriturário tinha os próprios problemas. Os mortos saíam de suas sepulturas com mais frequência agora e raramente o deixavam, estando ele acordado ou dormindo. Passou a esperar e temer tais visitas, incapaz de passar perto das duas pilhas de pedras sem estremecer. Uma noite, foi abordado em um sonho e designado para uma tarefa. Tomado por um horror mudo, ele acordou entre as duas pilhas de pedras e fugiu enlouquecido em direção à cabana. Mas ele havia passado um bom tempo lá, pois seus pés e bochechas também estavam congelados.

Por vezes, as insistentes presenças o colocavam em estado frenético, e ele dançava pela cabana, cortando o ar vazio com um machado e quebrando tudo ao seu alcance.

Durante esses encontros fantasmagóricos, Cuthfert se aninhava em seus cobertores e mirava o louco com um revólver engatilhado, pronto para atirar se ele se aproximasse demais. Mas, recuperando-se de um desses ataques, o escriturário notou a arma apontada para si.

Suspeitas foram despertadas nele e, a partir de então, também começou a temer por sua vida. Eles se observavam de perto depois disso, e se encaravam assustados sempre que um passava pelas costas do outro. A apreensão tornou-se uma mania que os controlava até durante o sono. Por medo mútuo, eles tacitamente deixavam a lamparina queimar a noite toda e providenciavam suprimentos abundantes de gordura de bacon antes de se retirarem. O menor movimento de um era suficiente para acordar o outro e, por vezes, devolviam inertes o olhar desafiador que o outro lançava, tremendo sob os cobertores com o dedo no gatilho.

Com o Medo do Norte, a tensão mental e as devastações da doença, perderam toda a semelhança humana, adotando a aparência de feras selvagens, perseguidas e desesperadas. Suas bochechas e narizes, como consequência do congelamento, haviam ficado pretos.

Os dedos dos pés congelados começaram a cair na primeira e na segunda articulação. Cada movimento trazia dor, mas o fogareiro era insaciável, arrancando uma série de torturas de seus corpos miseráveis. Dia após dia, exigia seu alimento, meio quilo de carne, e eles se arrastavam de joelhos até a floresta para cortar lenha. Certa vez, rastejando assim em busca de gravetos secos, sem saber, cercaram o mesmo mato por lados opostos. De repente, sem aviso, duas cabeças cadavéricas espreitando se chocaram. O sofrimento os havia transformado de tal forma que o reconhecimento do outro era impossível. Eles pularam, gritando de terror, e dispararam sobre seus tocos mutilados; e caindo à porta da cabana, eles a arranhavam como demônios até se darem conta do engano.

De vez em quando tinham momentos de lucidez e, durante um desses intervalos, dividiam igualmente o pomo da discórdia: o açúcar. Eles guardavam seus respectivos sacos no esconderijo, com verdadeiro zelo, pois sobravam apenas algumas xícaras, e eles não confiavam um no outro.

Porém, certo dia, Cuthfert cometeu um erro. Quase incapaz de se mover, doente de dor, com a cabeça girando e os olhos cegos, ele se esgueirou para o esconderijo, vasilha de açúcar na mão, e confundiu o saco de Weatherbee com o seu.

Quando isso aconteceu, era o início de janeiro. O sol já havia passado algum tempo por sua declinação mais baixa ao sul e agora, no meridiano, lançava faixas ostensivas de luz amarela sobre o céu do Norte. No dia seguinte ao erro com o saco de açúcar, Cuthfert se sentiu melhor tanto de corpo quanto de espírito. À medida que o meio-dia se aproximava e o dia clareava, ele arrastou-se para fora para festejar o brilho evanescente, que era para ele uma garantia das futuras intenções do sol. Weatherbee também estava se sentindo um pouco melhor e rastejou ao lado dele. Eles se sentaram na neve sob o cata-vento imóvel e esperaram.

A quietude da morte pairava sobre eles. Em outros climas, quando a natureza cai nesse estado de espírito, há um leve ar de expectativa, uma esperança de que alguma voz rompa a tensão. Este não é o caso no Norte. Os dois homens pareciam viver eras nessa paz fantasmagórica.

Eles não conseguiam se lembrar de nenhuma canção do passado; não podiam evocar nenhuma canção do futuro. Essa calma sobrenatural sempre foi o silêncio tranquilo da eternidade.

Seus olhos estavam fixos no Norte. Sem ser visto, atrás deles, atrás das altas montanhas ao sul, o sol marchava em direção ao zênite de outro céu diferente do deles. Espectadores únicos da poderosa visão, eles contemplaram o crescimento gradual do falso crepúsculo. Uma chama fraca começou a arder. Aprofundou em intensidade, oscilando em matizes de amarelo avermelhado, roxo e açafrão. Ficou tão claro que Cuthfert pensou que o sol certamente devia estar atrás dele. Um milagre, o sol estava nascendo no Norte! De repente, sem aviso e sem esmaecer gradualmente, a visão foi varrida. Não havia mais cor no céu. O dia estava sem luz.

Eles prenderam a respiração em meio a soluços. Mas, veja! O ar brilhava com partículas de geada cintilante, e lá, ao norte, o cata-vento traçou um contorno vago na neve.

Uma sombra! Uma sombra! Era exatamente meio-dia. Eles sacudiram suas cabeças apressadamente em direção ao Sul. Um arco dourado apareceu acima de uma montanha de neve, sorriu para eles por um instante e desapareceu de vista novamente.

Seus olhos cheios de lágrimas procuravam-se. Um estranho amolecimento se abateu sobre eles. Sentiram-se irresistivelmente ligados um ao outro. O sol estava voltando novamente. Estaria com eles amanhã, e no dia seguinte e no próximo.

E cada visita seria mais longa, e chegaria o dia em que ele subiria pelos céus dia e noite, nunca caindo abaixo do horizonte. Não haveria noite. O inverno congelado seria extinto, os ventos soprariam e as florestas reagiriam; a terra se banharia nos abençoados raios do sol e a vida renasceria.

De mãos dadas, eles abandonariam esse sonho horrível e viajariam de volta para o Sul. Eles tropeçaram cegos e suas mãos se encontraram; suas pobres mãos mutiladas, inchadas e deformadas sob as luvas.

Mas a promessa estava destinada a permanecer não cumprida. A Terra do Norte é a Terra do Norte, e os homens desperdiçam suas almas com estranhas leis, que outros homens, que não viajaram para países distantes, não conseguem entender.

Uma hora depois, Cuthfert colocou uma assadeira de pão no forno e começou a especular sobre o que os cirurgiões poderiam fazer com seus pés quando ele voltasse. Sua casa não parecia tão distante agora. Weatherbee estava vasculhando o esconderijo. De repente, lançou um turbilhão de blasfêmias, que por sua vez cessou com surpreendente brusquidão. O outro homem havia roubado seu saco de açúcar. As coisas poderiam ter acontecido de forma diferente se dois mortos não tivessem saído de debaixo das pedras e silenciado as palavras incendiárias em sua garganta. Eles cuidadosamente o tiraram do esconderijo, que ele se esqueceu de fechar. Essa consumação foi alcançada, de que algo que haviam sussurrado para ele em seus sonhos estava para acontecer. Eles o guiaram gentilmente, muito suavemente, até a pilha de lenha, onde colocaram o machado em suas mãos.

Então, ajudaram-no a empurrar a porta da cabana, e ele teve certeza de que a fecharam atrás dele; pelo menos ele a ouviu bater e a trava cair bruscamente no lugar. E ele sabia que eles estavam esperando do lado de fora, esperando que ele cumprisse sua tarefa.

— Carter! Ei, Carter! — Percy Cuthfert ficou assustado com a expressão no rosto do escriturário e apressadamente colocou a mesa entre eles.

Carter Weatherbee o seguiu, sem pressa e sem entusiasmo. Não havia piedade nem paixão em seu rosto, mas sim o olhar paciente e imperturbável de quem tem uma tarefa a fazer e a faz de maneira metódica.

— Qual é o problema?

O escriturário recuou, interrompendo-o na porta, mas sem abrir a boca.

— Escute, Carter! Escute! Vamos conversar! Você é um bom sujeito!

O mestre das artes estava pensando rapidamente, agora, modelando um hábil movimento lateral em direção à cama onde estava sua Smith & Wesson. Sem tirar os olhos do louco, ele rolou para a cama, sacando a pistola.

— Carter!

A pólvora cintilou no rosto de Weatherbee, mas ele brandiu a arma e saltou para frente. O machado atingiu profundamente a base da espinha e Percy Cuthfert sentiu toda a consciência de seus membros inferiores o abandonando. Então o escriturário caiu pesadamente sobre ele, agarrando-o pelo pescoço com dedos fracos. A mordida afiada do machado fez Cuthfert largar a pistola e, enquanto seus pulmões arfavam pela liberdade, ele se atrapalhou sem rumo entre os cobertores. Então, lembrou-se. Ele deslizou a mão pelo cinto do escriturário até a faca na bainha, num movimento que foi o último aperto entre aqueles dois corpos.

Percy Cuthfert sentiu a força abandoná-lo. A parte inferior de seu corpo era inútil. O peso inerte de Weatherbee o esmagou; esmagou-o e o prendeu ali como um urso sob uma armadilha. A cabana se encheu de um cheiro familiar e ele sabia que o pão estava queimando. No entanto, o que importava? Ele não precisaria mais disso. E havia seis xícaras de açúcar no esconderijo; se soubesse, não teria economizado tanto nos últimos dias. O cata-vento algum dia se moveria? Por que não? Ele não tinha visto o sol hoje? Ele iria ver. Não; era impossível se mover. Ele não achava que o escriturário era um homem tão pesado.

Com que rapidez a cabine esfriou! O fogo deve ter apagado. O frio estava forçando a entrada. Já deve estar abaixo de zero; o gelo subia pela porta. Ele não conseguia ver, mas sua experiência anterior permitiu-lhe avaliar o progresso pela temperatura da cabana. A dobradiça inferior estava branca. Essa história se espalharia pelo mundo? Como seus amigos reagiriam? Eles provavelmente iriam ler sobre isso em algum lugar enquanto tomam café, e conversar sobre o assunto nos clubes. Ele podia vê-los claramente: "Pobre Cuthfert!" Eles murmurariam: "Afinal, ele não era um mau camarada!" Ele sorriu com os elogios e continuou em busca de um banho turco. Sempre havia a mesma multidão nas ruas.

Estranho, eles não notaram seus mocassins de pele de alce e meias alemãs esfarrapadas! Ele tomaria um táxi. E, depois do banho, barbear-se não seria mau. Não; ele comeria primeiro. Bife, batatas e coisas verdes: como tudo era fresco! E o que era isso? Quadrados de mel, fluindo âmbar líquido! Mas por que eles trouxeram tanto? Haha! Ele não daria conta de comer tudo. Engraxar! Claro. Ele colocou o pé em cima da caixa. O engraxate olhou-o com curiosidade, ele lembrou-se de seus mocassins de pele de alce e saiu correndo. Ouça! O cata-vento certamente está girando, com certeza estava girando. Não, era um mero zumbido em seus ouvidos.

Era isso, um simples zumbido. O gelo já deve ter passado pela fechadura. Pequenos pontos de gelo começaram a aparecer entre as rachaduras musgosas nos troncos do telhado. Como eles cresceram lentamente! Não; não tão devagar. Havia um novo, e mais outro. Dois, três, quatro; eles apareciam rápido demais para contar. Havia dois crescendo juntos. E ali, um terceiro se juntou a eles. Ora, não havia mais manchas. Elas correram juntas e formaram um lençol.

Bem, ele teria companhia. Se Gabriel quebrasse o Silêncio do Norte, eles ficariam juntos, de mãos dadas, diante do grande Trono Branco. E Deus iria julgá-los; Deus iria julgá-los!

Então Percy Cuthfert fechou os olhos e adormeceu.

PARA O HOMEM NA TRILHA

— Coloque de uma vez!

— Escute-me, Kid, não é um pouco forte demais? Uísque e álcool são ruins o suficiente, mas daí a colocar conhaque e molho de pimenta...

— Estou dizendo para colocar. Quem está fazendo esse ponche, afinal? Pois bem! — Malemute Kid sorriu satisfeito através das nuvens de vapor. — Quando você estiver neste país há tanto tempo quanto eu, meu filho, após sobreviver caçando pegadas de coelho e comendo tripa de salmão, você entenderá que o Natal só acontece uma vez por ano. E que um Natal sem ponche é algo tão triste quanto cavar um poço na rocha viva e não encontrar nada lucrativo.

— Faça o que eles mandam — disse Big Jim Belden, que estava de volta para o Natal após desistir de sua reivindicação em Mazy May. Todos sabiam que ele havia passado os últimos dois meses à base de carne de alce. — Vocês se esqueceram — perguntou ele — do ponche que fizemos no Tanana?

— Acho que esqueceram. Rapazes, teria feito bem a seus corações ver toda aquela tribo de bêbados lutando, e tudo por causa de um magnífico fermento de açúcar e massa azeda. Isso foi antes de seu tempo — disse Malemute Kid ao se voltar para Stanley Prince, um jovem especialista em mineração que chegara havia dois anos na região. — Não existia mulheres brancas no país, e Mason queria se casar. O pai de Ruth era o chefe dos tananas e se opôs ao casamento, como o resto da tribo. Está forte a mistura? Bem, acrescentei a última libra de açúcar que me restava; uma das melhores coisas que já fiz na minha vida.

Tinham de ver a perseguição rio abaixo e pelos trechos onde as canoas só passavam sobre os ombros.

— Mas e a índia? — perguntou Louis Savoy, o alto franco-canadense, com crescente interesse, tendo ouvido falar da louca aventura quando estivera em Forty Mile, no último inverno.

Então Malemute Kid, que era um contador de histórias nato, contou a história nua e crua do Lochinvar das Terras do Norte. Mais de um dos aventureiros brutos daquela região sentiu as cordas vibrarem e experimentou vagos anseios pelas pastagens mais ensolaradas das Terras do Sul, onde a vida prometia mais do que uma luta estéril contra o frio e a morte.

— Chegamos ao Yukon na esteira do primeiro degelo — concluiu ele — e a tribo atrás de nós a apenas um quarto de hora de distância. Mas fomos salvos, porque o segundo degelo bloqueou o rio e conteve nossos perseguidores. Quando finalmente chegaram a Nuklukyeto, todas as forças do posto estavam esperando por eles. Quanto ao ajuntamento, pergunte ao Padre Roubeau aqui presente, ele fez a cerimônia.

O jesuíta tirou o cachimbo dos lábios, mas só conseguiu expressar sua complacência com sorrisos patriarcais, enquanto protestantes e católicos o aplaudiam com entusiasmo.

— Pelos Céus! — exclamou Louis Savoy, com uma expressão emocionada. — *La petite squaw: mon Mason brav!*. Pelos Céus!

Em seguida, as taças de latão cheias de ponche começaram a ser passadas de mão em mão, e Bettles, o "Insaciável", se pôs de pé num salto para cantar sua canção para bebidas favorita:

Henry Ward Beecher, lá está ele,
e o catequista vai com ele,
Todos bebem da raiz de sassafrás;
mas você pode apostar,
Se for pelo nome dele chamar
É suco da fruta proibida e nada mais.

E o coro bacanal rugia:

Oh, o suco da fruta proibida;

oh, o suco da fruta proibida!
Mas você pode apostar, se for pelo nome dele chamar,
é o suco da fruta proibida!

A terrível mistura de Malemute Kid surtiu efeito, e os homens nos acampamentos e nas encostas estavam entregues ao seu glorioso calor, e piadas, canções e contos de antigas aventuras surgiam ao redor da mesa.

Apesar de haver ali estrangeiros de uma dezena de nações diferentes, todos ergueram as taças para brindar a cada um deles. Foi Prince, o inglês, que propôs um brinde ao "Tio Sam, o filho precoce do Novo Mundo", em troca, o ianque Bettles bebia em homenagem à "Rainha, Deus a abençoe"; e juntos, Savoy e Meyers, o comerciante alemão, juntaram seus copos num tilintar para brindar à Alsácia e Lorena.

Então Malemute Kid se levantou, copo na mão, e olhou pela janela de papel engraxado, coberta com mais de sete centímetros de gelo.

— Ao homem que segue na trilha esta noite; que não lhe falte comida, que não vacilem as pernas de seus cães, que não falhem os seus fósforos — e *crack*!

Com isso, eles ouviram o estalo familiar do chicote dos cães, o gemido uivante dos Malemutes e o rangido de um trenó se aproximando da cabana. A conversa enfraqueceu. De repente, todos aguardavam.

— Um veterano; cuida primeiro de seus cães e depois de si mesmo — Malemute Kid sussurrou para Prince, enquanto captavam o estalar de mandíbulas, os rosnados de lobos e uivos de dor que indicavam a seus ouvidos experientes que o estranho batia nos outros cães enquanto alimentava os seus.

Então veio a esperada batida na porta, forte e confiante, e o estranho entrou.

Cego pela luz, ele hesitou e ficou por um momento na soleira, permitindo a todos um momento de escrutínio. Era uma figura impactante e de aparência pitoresca em suas vestes árticas de lã e peles. Com 1,92 metro de altura, ombros e peito largos proporcionalmente, o rosto perfeitamente barbeado e a tez rechonchuda e rosada de frio, os longos cílios e as sobrancelhas brancas de gelo, as abas de seu grande gorro de pele de lobo para cima, que também cobriam seu pescoço, ele parecia o genuíno Rei do Gelo que acabara de emergir das sombras da noite.

Preso por fora de sua jaqueta Mackinaw, um cinto de contas segurava dois grandes revólveres Colt e uma faca de caça, enquanto ele carregava, além do inevitável chicote de cachorro, um rifle do maior calibre e tipo mais recentes, que dispara sem soltar fumaça. Apesar de seu andar firme e elástico, todos notaram, ao vê-lo de perto, que estava exausto de cansaço.

Houve um silêncio constrangedor, que o recém-chegado logo quebrou com uma saudação cordial.

— Que satisfação, hein, camaradas?

Malemute Kid se levantou e foi apertar sua mão. Embora nunca tenham se conhecido, cada um tinha ouvido histórias sobre o outro, e o reconhecimento foi mútuo. Kid rapidamente o apresentou a cada um dos presentes e colocou uma caneca de ponche em suas mãos antes que ele pudesse explicar o que o trazia àquelas terras.

— Há quanto tempo passou um grande trenó com três homens e oito cães? – perguntou.

— Dois dias de viagem. Você está atrás deles?

— Estou. É meu. Eles levaram bem debaixo do meu nariz, os desgraçados. Consegui vencer dois dias dos quatro que estavam à minha frente no início. Vou pegá-los na próxima corrida.

— Acha que vão enfrentá-lo? — perguntou Belden, a fim de manter a conversa, pois Malemute Kid já ia colocando o bule na mesa e fritando bacon e carne de alce.

O estranho apalpou seus revólveres.

— Quando você deixou Dawson?

— Às 12 horas.

— Meia-noite — uma conclusão natural.

— Meio-dia.

Um murmúrio geral percorreu o círculo. Não à toa, visto que acabava de soar meia-noite e o homem ter percorrido cento e vinte quilômetros pelo leito congelado de um rio em apenas doze horas era algo nada desprezível.

Não demorou muito para que a conversa se generalizasse, no entanto, remontando a, principalmente, reminiscências de infância. Enquanto o jovem recém-chegado devorava a pasta forte preparada por Malemute Kid, este o observava de perto. Não demorou muito para concluir que gostava daquele rosto, um rosto justo, franco e autêntico, marcado por linhas que, embora ainda jovens, haviam sido traçadas com firmeza pelo trabalho e pelas privações.

Embora cordiais nas conversas e suaves quando em repouso, seus olhos azuis tinham a promessa do brilho duro e metálico que surge quando chamados à ação, sobretudo em circunstâncias adversas. A mandíbula pesada e o queixo de recorte quadrado falavam de uma firmeza de caráter tenaz e indomável. Embora tivesse os atributos do leão, faltava-lhe certa suavidade, a sugestão de feminilidade, que indicaria sua natureza emocional.

— E foi assim que a velha mulher e eu ficamos juntos — disse Belden, concluindo o comovente relato do namoro. — Aqui estamos, pai — disse ela.

— Vão para o inferno — respondeu o pai, e então me disse: "Jim, vamos ver do que você é capaz. Quero uma boa parte desses quarenta acres antes do jantar", e então ele fungou e a beijou. E eu não cabia em mim de alegria. Mas ele, percebendo isso, gritou comigo: "Agora, Jim!", e eu corri para o celeiro.

— Tem alguma criança esperando por você nos Estados Unidos? — perguntou o estranho.

— Não. Sal morreu antes de me dar uma. Por isso estou aqui.

Pensativo, Belden tentou acender o cachimbo, que não havia apagado, e, de repente, animando-se, perguntou:

— E você, estranho, é casado?

Em resposta, o jovem abriu o relógio, tirou a pulseira que servia de corrente e o entregou aos presentes. Belden o ergueu contra a lamparina de sebo, examinou criticamente o interior da caixa e, depois de expressar sua admiração em voz baixa, o entregou a Louis Savoy. Alguns "Pelos Céus!" depois, passou para Prince. Todos notaram que suas mãos tremiam e seus olhos adquiriram uma suavidade peculiar. Assim, o relógio do estranho passou por todas aquelas mãos calejadas — a fotografia de uma mulher de rosto doce, do tipo afetuosa, o tipo que agrada a tais homens, com uma criança nos braços. Aqueles que ainda não tinham visto a maravilhosa imagem estavam curiosos; aqueles que tinham, mergulharam em nostálgico silêncio. Todos eram capazes de enfrentar a fome, o escorbuto e a morte nos campos ou na água; mas a imagem daquela jovem desconhecida com seu filho nos braços transformou todos eles em mulheres e crianças.

— Ainda não conheço o menino. Ela me disse que é menino. E tem dois anos agora — disse o estranho quando a fotografia voltou às suas mãos. Por um longo tempo, ele olhou para ela, então fechou a caixa e se virou, mas não rápido o suficiente para esconder o fluxo contido de lágrimas. Malemute Kid o levou a um beliche e pediu que ele entrasse.

— Quero ser chamado às 4h em ponto. Não se esqueça — foram suas últimas palavras, e dentro de um momento, já estava respirando pesadamente, perdido no sono profundo de um homem exausto.

— Por Deus! Ele é um sujeito corajoso — comentou Prince. — Três horas de sono depois de cento e vinte quilômetros com os cães, e depois de volta à jornada. Quem é ele, Kid?

— Jack Westondale. Faz três anos que trabalha como um cavalo e leva nas costas todo o azar que você possa imaginar. Eu não o conhecia pessoalmente, mas Sitka Charley havia me falado sobre ele.

— É duro que um homem com uma jovem esposa como a

dele passe tanto tempo neste buraco esquecido por Deus, onde cada ano valem por dois lá fora.

— O problema com ele é a sua integridade e teimosia. Por duas vezes teve a chance de abandonar tudo com uma boa fatia, mas nas duas vezes perdeu tudo.

Nesse momento, a conversa foi interrompida pela gargalhada estrondosa de Bettles, pois o efeito produzido pela chegada do estranho começava a se dissipar. E logo os anos sombrios de comida monótona e trabalho mortal foram sendo esquecidos em uma alegria brusca. Apenas Malemute Kid parecia incapaz de participar da festa e, de vez em quando, olhava ansioso para o relógio. Por fim, ele colocou o chapéu de pele de castor e as luvas, saiu da cabana e começou a vasculhar os mantimentos no esconderijo.

Tampouco pôde esperar a hora marcada para acordar seu convidado: o fez quinze minutos antes. Os membros do jovem gigante estavam tão dormentes que foi necessária uma forte fricção para colocá-lo de pé. Ele cambaleou para fora da cabana e viu que seus cães estavam atrelados ao trenó e prontos para partir. A companhia desejou-lhe boa sorte e que a perseguição fosse breve, enquanto o padre Roubeau, abençoando-o apressadamente, conduzia a debandada de volta para a cabana; o que não é de admirar, pois não é nada bom ficar a quase 60 graus abaixo de zero com as mãos e orelhas nuas.

Malemute Kid o acompanhou até a trilha principal e, ali, segurando sua mão com força, deu-lhe um conselho.

— Você encontrará 45 quilos de ovos de salmão no trenó — disse ele. — Os cães irão tão longe com isso como se você estivesse carregando 60 quilos de peixe. Não haverá comida para cachorro em Pelly, como, sem dúvida, você já havia previsto — o estranho se assustou e seus olhos brilharam, mas ele não interrompeu. — Não haverá um grama de comida, de cães ou de homens, até Five Fingers, a trezentos quilômetros daqui. Tenha cuidado para não cair em um buraco ao descer o rio Thirty Mile, e pegue o grande atalho ao sair de Le Barge.

— Como sabe tudo isso? É impossível que meus planos tenham chegado antes de mim.

— Eu não sei; e mais, não quero saber. Vou apenas dizer que aquele trenó que você está perseguindo nunca foi seu. Sitka Charley o vendeu para aqueles homens na primavera passada. Mas uma vez ele me disse que você era um homem sério, e eu acredito nele. Já vi seu rosto, e gosto dele. E eu vi você... ora, que diabos, chegando aos mais altos lugares em busca de água salgada, e aquela sua mulher, e... – Kid tirou as luvas e tirou uma pequena bolsa que carregava no bolso.

— Não, eu não preciso disso — disse o forasteiro. E as lágrimas correram frias em suas bochechas quando ele apertou convulsivamente a mão de Malemute Kid.

— Então não poupe os cães; quando eles caírem, corte as alças e deixe-os; compre-os depois e lembre que eles custam dez dólares o quilo. Você encontrará cães em Five Fingers, Little Salmon, e Hootalinqua. E cuidado com os pés molhados — foi o seu conselho de despedida — Continue viajando enquanto a temperatura estiver acima dos trinta e dois, mas se ficar abaixo disso, acenda uma fogueira e troque as meias.

Quinze minutos mal se passaram quando o tilintar dos sinos anunciou novas chegadas. A porta se abriu e um homem da Polícia Montada do Noroeste entrou na cabana, seguido por dois mestiços que pareciam condutores de cães. Como Westondale, eles estavam armados até os dentes e mostravam sinais de fadiga. Enquanto os mestiços nasceram para a trilha e a suportavam facilmente, o jovem policial estava extremamente esgotado. Mas a obstinação inflexível de sua raça etnia o obrigou a manter o ritmo que tinha se imposto, e seguiria nele até que caísse ao chão.

— Quando Westondale partiu? Parou aqui, certo?

A pergunta era desnecessária, pois os rastros que o trenó havia deixado na neve diziam por si só.

Os olhares de Malemute Kid e Belden se cruzaram, e Belden, captando a mensagem no ar, respondeu evasivamente:

— Um bom tempo atrás.

— Venha, homem, fale! — advertiu o policial.

— Você parece ter gana de alcançá-lo. Ele criou confusão lá em Dawson?

— Ele roubou Harry McFarland e levou quarenta mil dólares; em seguida, trocou-os no armazém do xerife por um cheque de Seattle. E quem vai impedir o pagamento se não o alcançarmos? Quando ele partiu?

Cada rosto presente tentou esconder os traços de empolgação após a deixa de Malemute Kid, e o policial viu apenas expressões impassíveis ao seu redor.

Então o policial se aproximou de Prince e fez a mesma pergunta que fizera a Belden. Prince começou a falar sobre o estado da trilha, numa resposta esquiva, embora lhe doesse proceder assim com aquele compatriota de atitude franca e nobre.

Nisso, o policial avistou o padre Roubeau, que, por sua vez, não iria mentir.

— Há um quarto de hora — disse o padre, respondendo à sua pergunta. — E, antes de partir, ele e os cachorros descansaram por quatro horas.

— Saiu há quinze minutos, e descansado. Santo Pai!

O pobre sujeito cambaleou para trás, tal era seu cansaço e tal era sua decepção, murmurando algo sobre a corrida de Dawson em dez horas e os cachorros sendo jogados fora. Malemute Kid colocou uma caneca de ponche em suas mãos. Em seguida, o policial foi até a porta, ordenando aos dois mestiços que seguissem viagem. Mas o calor da cabana e a promessa de um bom descanso eram muito tentadores, e eles se recusaram a obedecer. Kid estava familiarizado com o dialeto francês dos mestiços, e acompanhava, inquieto, a conversa.

Ambos asseveravam e garantiam que os cães estavam exaustos, que seriam obrigados a atirar em Siwash e Babette até a morte antes da primeira milha ser percorrida, que os outros cães também não estavam em melhor estado e que a coisa mais sábia a fazer seria todos descansarem.

— Me empresta cinco cachorros? — o policial perguntou, virando-se para Malemute Kid.

Mas Kid balançou a cabeça.

— Assino um cheque de 5 mil dólares, pago pelo capitão Constantine... Aqui estão os meus papéis, como pode ver, tenho autorização para dispor de fundos.

Mas novamente recebeu a recusa silenciosa.

— Então eu irei requisitá-los em nome da Rainha.

Sorrindo incrédulo, Kid olhou para seu arsenal bem abastecido, e o inglês, percebendo sua impotência, virou-se para a porta. Mas os dois mestiços ainda mostravam resistência, e ele se precipitou diante deles, chamando-os de mulherzinhas e cães vadios. O rosto moreno do mestiço mais velho enrubesceu de raiva e ele se levantou, e prometeu em termos firmes e contundentes que viajariam até ele não aguentar mais, e depois o deixariam na neve sem qualquer remorso.

O jovem policial, com um esforço desesperado, caminhou até a porta a passos firmes, simulando um vigor que estava longe de possuir. Ainda que todos os presentes admirassem sua vaidosa determinação, ele não conseguiu evitar que uma careta de exaustão atravessasse seu rosto. Os cães estavam cobertos de gelo e enrolados na neve. Era quase impossível forçá-los a se levantar. Os pobres animais choramingavam sob o açoite, pois aos mestiços não faltava raiva e crueldade, e não foi possível fazer o trenó andar até que a guia da cadela Babette foi cortada.

— Um canalha sujo e mentiroso!

— E tanto!

— Ele não é bom!

— Um ladrão!

— Pior do que um índio!

A fúria se espalhou entre os homens. Primeiro pela maneira como foram enganados; e em segundo lugar, pela ofensa ao código de ética das Terras do Norte, onde a honestidade, acima de tudo, era o principal motivo de honra do homem.

— E nós ajudando aquele canalha depois de saber o que ele fez!

Todos os olhares se voltaram acusadores para Malemute Kid, que saiu do canto onde havia instalado Babette confortavelmente e começou a esvaziar em silêncio a tigela de ponche para a última rodada.

— Está uma noite fria, rapazes, um frio que penetra na carne — foi o início incongruente de sua defesa. — Todos vocês já percorreram trilhas afora e sabem o que isso significa. Não se atire sobre um cachorro caído. Vocês ouviram apenas uma versão dos eventos. Nunca um homem mais íntegro do que Jack Westondale dividiu nossa mesa ou cobertor.

— No outono passado, ele deu todas as suas economias, 40 mil dólares, a Joe Castrell para investir na Domain. Hoje, seria um milionário. Em Circle City, acabou ficando para trás, cuidando de seu parceiro com escorbuto, e o que Castrell fez? Ele foi encontrado morto na neve. No dia anterior, fora à casa de MacFarland e o dinheiro sumiu. E o infeliz do Jack fazendo planos para voltar neste inverno para sua esposa e o filho, que nunca chegou a conhecer. Ele se apropriou da quantia que havia perdido: 40 mil. Ora essa, ele já está bem longe, o que vocês vão fazer a respeito disso?

Kid varreu cada rosto do círculo de seus juízes e viu suas expressões se desagravarem. Então, ergueu o braço.

— E por isso — disse ele — proponho um brinde ao homem que está na trilha esta noite. Que não lhe falte comida, que não vacilem as pernas de seus cães, que não falhem os seus fósforos. Que Deus o ajude, que a boa fortuna o acompanhe e que...

— E que fracasse a Polícia Montada! — exclamou Bettles, ao tilintar de suas canecas de latão.

A PRERROGATIVA SACERDOTAL

Esta é a história de um homem que não apreciava sua esposa e de uma mulher que o honrou ao se entregar a ele. A propósito, diz respeito também a um jesuíta que nunca mentia, e que era o elemento mais necessário na região de Yukon; já a presença dos outros dois trata-se de algo totalmente acidental. Eram espécimes dos muitos e estranhos tipos de sem-teto à vanguarda das corridas do ouro, ou na segunda linha.

Edwin Bentham e Grace Bentham eram sem-teto, dos que vêm na segunda linha, pois fazia muito tempo que a corrida de Klondike, em 1897, varrera o grande rio e se dissipara na cidade de Dawson, atingida pela fome. Quando o Yukon fechou as portas e foi dormir sob um manto de gelo de um metro, esse casal peripatético se viu nas Corredeiras dos Cinco Dedos, com a Cidade do Ouro ainda a uma jornada de muitas noites ao norte.

Muito gado tinha sido abatido naquele lugar no outono daquele ano, e suas entranhas formavam um belo amontoado. Os três voyageurs companheiros de Edwin Bentham e sua esposa observaram aquele depósito, fizeram um pequeno cálculo mental, vislumbraram certa bonança e decidiram ficar. E durante todo o inverno eles venderam sacos de ossos e peles congelados aos cães famintos. Pediam um preço modesto, dois dólares o quilo. Seis meses depois, quando o sol voltou e o Yukon acordou, eles afivelaram os pesados cintos onde guardavam seu dinheiro e viajaram de volta para o Sul, onde ainda vivem e contam implacáveis mentiras sobre um Klondike que nunca viram.

Mas Edwin Bentham era um sujeito indolente e, se não tivesse uma esposa, teria entrado de bom grado para as especulações sobre comida de cachorro. O fato é que ela brincava com sua vaidade, dizendo-lhe o quão grande e forte ele era e insistindo que um homem como ele certamente superaria qualquer obstáculo e obteria o Velocino de Ouro. Ele então cerrou os dentes, vendeu sua parte do negócio de ossos e peles por um trenó e um cachorro e endireitou seus sapatos de neve em direção ao Norte. Nem é preciso dizer que as raquetes de neve de Grace Bentham nunca permitiam que suas pegadas esfriassem. Não. Não foram nem três dias de tribulações e era ele quem ia na retaguarda, e ela liderando o caminho. Claro, se alguém aparecesse à vista, eles trocariam imediatamente de posição. Assim, sua masculinidade permaneceu intacta entre os viajantes que passavam como fantasmas no caminho silencioso. Existem homens assim no mundo.

Como tal homem e tal mulher decidiram se unir na alegria e na tristeza não é importante para essa narrativa. Todos nós estamos familiarizados com essas coisas, e aqueles que as praticam, ou as questionam muito, estão propensos a perder uma fé preciosa naquilo que é conhecido como Conveniência Eterna.

Edwin Bentham era, por uma fatalidade, um menino trancado no corpo de um homem, uma criança capaz de arrancar as asas de uma borboleta, uma a uma, em plena complacência, e de morrer de medo de um magricela de cabeça quente que não tinha nem metade do seu tamanho. Ele era um chorão egoísta se escondendo atrás do bigode e da estatura de um homem coberto por um verniz superficial de cultura e convencionalidade. Sim, ele era do tipo que se preocupava com a vida social, com a associação ao clube, do tipo que embeleza funções sociais e profere tolices com um encanto e unção indescritíveis; o tipo que fala alto e chora por causa de uma dor de dente; daqueles que dão pior vida a uma mulher depois do casamento do que o mais grosseiro libertino que se encontra em lugares escusos. Encontramos esses homens todos os dias, mas raramente percebemos quem são de verdade. A melhor maneira de obter esse conhecimento é, depois de casar-se com eles, dividir comida e cobertores com eles, digamos que por uma semana, porque não é necessário mais tempo.

Grace Bentham era uma criatura esguia e juvenil; conhecê-la era conhecer uma alma que se supera à sua, e ao mesmo tempo guarda todos os elementos do eterno feminino. Essa foi a mulher que incitou e encorajou seu marido a entrar nas Terras do Norte, que abriu o caminho para ele quando ninguém os via, e que secretamente lamentou a fraqueza de seu corpo feminino.

Foi assim que aquele estranho casal viajou ao antigo Fort Selkirk e depois por cinquenta quilômetros de deserto desolado até o rio Stuart. Quando o curto dia terminou e o homem caiu na neve choramingando, foi a mulher que o amarrou ao trenó, mordeu os próprios lábios com a dor de seus membros doloridos e ajudou o cachorro a carregá-lo para a cabana de Malemute Kid. Malemute Kid não estava em casa, mas Meyers, o comerciante alemão, cozinhou para eles enormes bifes de alce e preparou uma cama de ramos de pinheiro recém-colhidos. Lake, Lancham e Parker ficaram entusiasmados, mas com moderação, quando descobriram.

— Ei, Sandy! Ei, você sabe a diferença entre uma chuleta e um filé-mignon? Venha aqui e nos dê uma mão, vai! — o apelo veio do esconderijo, onde Langham lutava em vão com vários quartos de alces congelados.

— Não se atreva a deixar esses pratos! — Parker ordenou.

— Ei, Sandy, eis um bom companheiro! Corra até o acampamento do Missouri e pegue emprestado um pouco de canela! — Lake implorou.

— Ei, se apresse, por que você não... — mas o estrondo de carnes e caixas caindo no esconderijo calaram repentinamente as demandas e pedidos.

— Vamos, Sandy, não vai demorar um minuto até chegar ao acampamento do Missou...

— Você o deixe em paz — Parker interrompeu. — Como vou fazer os biscoitos se você não limpa a mesa?

Sandy fez uma pausa indecisa até que, de repente, lhe ocorreu que era, de fato, o assistente especial de Langham. Então, desculpando-se, jogou no chão o pano de prato seboso e foi ao resgate de seu mestre. Aqueles descendentes promissores de pais ricos tinham vindo para o Norte em busca de louros, com dinheiro para queimar e um ajudante por cabeça. Para a sorte deles, os outros dois assistentes haviam vagado pelo rio White em busca de um mítico veio de quartzo, então Sandy teve de encarar com seriedade a responsabilidade de cuidar de três patrões saudáveis, cada um com suas ideias peculiares na hora de cozinhar. Naquela manhã, o acampamento esteve por duas vezes na iminência de um tumulto, episódios que foram contornados graças ao fato de que um ou outro daqueles cavaleiros do *réchaud* havia cedido, e finalmente concluíram sua criação coletiva, uma refeição verdadeiramente requintada. Em seguida, envolveram-se num despretensioso jogo de cartas, o que eliminou qualquer chance de alguma futura hostilidade se tornar *casus belli*, e permitiu ao vencedor a honra de uma missão das mais importantes.

A sorte coube a Parker, que repartiu o cabelo ao meio, vestiu as luvas e o chapéu de pele de urso e foi até a cabana de Malemute Kid. E quando ele voltou, estava na companhia de Grace Bentham e do próprio Kid — a primeira lamentava muito que seu marido não pudesse compartilhar com ela toda essa hospitalidade, pois ele tinha subido para ver as minas de Henderson Creek, e o último ainda aparentava certa dureza devido ao esforço de abrir caminho no rio Stuart.

Meyers foi chamado, mas recusou, estando profundamente envolvido em uma experiência de fazer pão com lúpulo. Ora, eles podiam muito bem ficar sem o marido, mas a mulher... Eles não viam uma mulher durante todo o inverno, e sua presença era a promessa de uma nova era em suas vidas.

Aqueles três jovens eram cavalheiros universitários que ansiavam pelos antros de luxúria e hedonismo de que haviam estado separados por tanto tempo. Grace Bentham provavelmente ansiava por algo semelhante; pelo menos esse primeiro momento brilhante e feliz em muitas semanas de escuridão significava muito para ela.

Mas aquele maravilhoso prato, que apontava o versátil Lake como seu progenitor, mal tinha sido servido quando se ouviu uma forte batida na porta.

— Oh! Ah! Por favor, entre, sr. Bentham — convidou Parker, que havia saído para ver quem era.

— Minha esposa está aqui? — foi a resposta brusca da ilustre pessoa.

— Pois sim. Deixamos um recado com o sr. Meyers.

Parker usou sua voz mais doce interiormente, se perguntando que diabos tudo isso significava.

— Você não vai entrar? Esperávamos sua chegada a qualquer momento, guardamos um lugar para você. Você chegou a tempo para o prato principal.

— Entre, Edwin, querido — Grace Bentham gorjeou de seu lugar à mesa.

Parker se afastou num passo espontâneo.

— Quero minha esposa — reiterou Bentham, com a voz rouca e uma entonação que denunciava o tom desagradável de quem se sabe dono de alguma coisa.

Parker engasgou, sentiu-se a ponto de enterrar o punho na cara do rude visitante, mas se controlou desajeitadamente. Todos eles se levantaram. Lake perdeu a cabeça e estava prestes a dizer "Que tal ir embora?", e então embaralhou-se nas despedidas: "Muito gentil de sua parte", "Lamento muito que...", "Nossa, estávamos tão animados...", "Agora é sério, seu...", "Muitíssimo obrigado", "Boa viagem para Dawson", e assim por diante.

Ajudaram, assim, o cordeiro a vestir o casaco e a ir para o matadouro. Então a porta se fechou e todos olharam tristemente para a mesa abandonada.

— Droga! — os primeiros anos de formação de Langham não foram tão bons quanto deveriam, de forma que suas imprecações eram fracas e monótonas. — Droga! — ele repetiu, ciente de sua falta de expressividade e lutando para encontrar um termo mais viril.

Astuta é a mulher que sabe como compensar as muitas fraquezas de um homem inapto, enrijecer sua natureza hesitante, instilar nele a ambição e o instigar a grandes realizações. A mulher que consegue fazer tudo isso é esperta e diplomática como poucas, principalmente se também o faz de forma tão sutil que o homem recebe todo o crédito e acredita no fundo do seu coração que tudo é graças a ele e somente ele.

E foi isso o que Grace Bentham começou a fazer. Depois de chegar a Dawson com alguns quilos de farinha e várias cartas de apresentação, ela imediatamente se dedicou à tarefa de empurrar seu grande bebê para frente. Foi ela quem derreteu o coração de pedra do bruto que presidiu o destino da Companhia P. C., no entanto, foi Edwin quem recebeu a concessão com louvor. Foi ela quem o arrastou de riacho em riacho, por cima de encostas e ribanceiras, através de uma dúzia de debandadas selvagens, mas o aparente grande vigor de Bentham era motivo de muitos comentários. Foi ela quem estudou os mapas, interrogou os mineiros e martelou a geografia e as localizações na cabeça vazia do marido, a ponto de todos ficarem maravilhados com a impressionante compreensão do homem sobre o país e suas condições. Claro, o que diziam era que a mulher era um estorvo, e apenas alguns mais sábios reconheciam e se compadeciam da pequena e corajosa mulher.

Ela fazia todo o trabalho; ele recebia o crédito e a recompensa. Nas terras do noroeste, uma mulher casada não pode apostar ou registrar uma concessão em um riacho, várzea ou quartzo, então Edwin Bentham foi ver o comissário do ouro e registrou a concessão na várzea número 23, segundo nível, do French Hill. E quando abril chegou, eles já estavam lavando mil dólares por dia, com muitos, muitos dias em perspectiva.

No sopé do French Hill ficava o Eldorado Creek, e em uma concessão do riacho ficava a cabana de Clyde Wharton. Naquela época, ele não fazia mil dólares por dia, mas seus depósitos aumentavam, turno a turno, e chegaria um momento em que esses depósitos passariam por sua calha eclusa a se depositariam nos rifles, e em questão de uma meia dúzia de dias, faria várias centenas de milhares de dólares. Ele costumava sentar-se em sua cabana, fumando cachimbo e sonhando coisas lindas que nada tinham a ver com os depósitos ou a meia tonelada de ouro em pó guardada no enorme cofre da Companhia P.C.

E Grace Bentham, enquanto lavava os pratos de lata em sua cabana na encosta, costumava olhar para baixo na direção de Eldorado Creek e sonhar, embora não com depósitos ou pó de ouro. Costumavam se encontrar porque a estrada de uma das concessões cruzava com a outra e na primavera setentrional há muito o que falar, mas nenhuma vez se disseram o que realmente sentiam, nem com os olhos, nem por um vacilo.

Assim eram as coisas no início. No entanto, um dia Edwin Bentham agiu como uma besta. Assim como costumam agir todos os meninos. Além disso, como agora era um rei de French Hill, começou a se acreditar mais importante do que realmente era e a esquecer tudo o que devia à esposa. Naquela ocasião, Wharton ficou a par de tudo, abordou Grace Bentham e falou com ela com veemência. Aquilo a deixou muito feliz, embora ela preferisse não seguir seu conselho e o obrigasse a prometer não dizer as coisas que havia dito novamente. Sua hora ainda não havia chegado.

Mas o sol continuou a jornada para o Norte, o negro da meia-noite mudou para a cor de aço do amanhecer, a neve desapareceu, a água correu novamente sobre a deriva glacial e a lavagem começou. Dia e noite, a argila amarela e os pedaços de rocha corriam pelas comportas, recompensando os homens fortes do Sul. Foi durante esses tempos agitados que a hora de Grace Bentham chegou.

Para todos nós, essa hora chega em algum momento; isto é, para nós que não somos muito fleumáticos. Algumas pessoas são boas, não por amor inerente à virtude, mas por pura preguiça. Mas aqueles que conhecem de perto a fraqueza, compreenderão a graça desse momento.

Edwin Bentham estava pesando seu ouro em pó sobre o balcão do bar do salão de Grand Forks — muito do total de seu pó de ouro foi deixado naquela tábua de pinho — quando sua esposa desceu a encosta e entrou na cabana de Clyde Wharton. Wharton não a esperava, mas isso não mudou as coisas. E muito depois a infelicidade e a esperança em vão teriam sido evitadas se o padre Roubeau não tivesse visto tudo e se desviado da trilha do riacho principal.

— Meu filho...

— Um momento, padre Roubeau! Embora eu não pertença à sua fé, eu o respeito, mas não pode se intrometer entre mim e esta mulher.

— Você sabe o que está fazendo?

— Eu sei! Mesmo se fosse o Deus Todo-poderoso disposto a me lançar no fogo eterno, eu me oporia ao senhor nesse assunto.

Wharton colocou Grace em um banquinho e ficou de pé diante dela, agressivo.

— Sente-se nessa cadeira e fique quieto — continuou ele, dirigindo-se ao jesuíta. — É a minha vez. Depois será sua vez.

O padre Roubeau acenou com a cabeça e obedeceu. Era um homem de fácil traquejo e aprendera a esperar. Wharton colocou um banquinho ao lado da mulher, apertando a mão dela na sua.

— Então você tem sentimentos por mim e vai me tirar daqui?

— Minha querida, você não se lembra do que eu te disse antes? Claro que eu...

— Mas você não pode. E a garimpagem?

— Você acha que isso me preocupa? Além disso, deixarei o padre Roubeau no comando. Posso confiar que ele colocará o ouro com segurança nas mãos da empresa.

— E pensar que nunca mais verei Edwin!

— Que benção!

— E partir... Oh, Clyde! Não posso! Não posso!

— Vamos, acalme-se, é claro que você pode. Deixe-me cuidar de tudo. Assim que reunirmos algumas coisas, iremos em frente e...

— E se ele aparecer?

— Eu vou quebrar todos os...

— Não, não! Sem luta, Clyde! Prometa-me isso.

— De acordo. Bem, direi aos homens para expulsá-lo da concessão. Eles viram como ele a trata, e não gostam muito dele.

— Não faça isso. Não o prejudique.

— O que faço, então? Deixo que ele entre aqui e leve você embora diante dos meus olhos?

— Não... — ela disse num sussurro, enquanto acariciava lentamente sua mão.

— Bem, deixe-me cuidar de tudo e não se preocupe. Vou cuidar para que nada aconteça com ele. Embora ele pouco se importasse se algo acontecesse com você ou não! Não voltaremos para Dawson. Mandarei um recado para que equipem um barco e o mandem Yukon acima. Cruzaremos a divisa e desceremos o rio Indian de jangada para encontrá-los. Então...

— Então? — a cabeça dela estava sobre o seu ombro.

Suas vozes caíram em cadências mais suaves, cada palavra uma carícia. O jesuíta mexeu-se nervosamente.

— E então? — ela repetiu.

— Continuaremos subindo o Yukon e passaremos pelas corredeiras White Horse e o Box Canyon.

— E depois?

— E o rio Sixty Mile; depois os lagos Chilcoot, Dyea e Salt Water.

— Mas, querido, não sei usar vara de jangada.

— Não seja boba! Vou contratar Charley de Sitka. Ele conhece os bons trechos dos rios e os melhores acampamentos e é o melhor viajante que conheço, mesmo sendo índio. Tudo o que você precisa fazer é sentar-se no meio do barco e cantar canções, dar uma de Cleópatra e lutar contra os... ah não, estamos com sorte, ainda é muito cedo para os mosquitos.

— E depois disso, meu Marco Antonio?

— Depois embarcaremos em um navio; São Francisco e o mundo! Nunca mais voltaremos a este buraco amaldiçoado. Pense nisso! O mundo é nosso para escolhermos aonde ir! Vou liquidar tudo isso. Somos ricos! O Waldworth Syndicate vai me dar meio milhão pelo que sobrar na terra e eu tenho o dobro nos armazéns e no P. C. Iremos à Exposição Universal de Paris em 1900. Iremos a Jerusalém, se você quiser. Compraremos um palácio italiano para nós e você será a verdadeira Cleópatra, o quanto quiser. Não, é melhor você ser Lucrécia, Actaea ou quem seu coraçãozinho desejar ser. Mas você não deve, nunca deve...

— A esposa de César será irrepreensível.

— Claro, mas...

— Mas não vou ser sua esposa, vou, querido?

— Eu não quis dizer isso.

— Mas você vai me amar da mesma forma e nunca vai pensar... oh! Eu sei que você será como os outros homens, você vai se cansar, e... e...

— Como você pode? Eu...

— Me prometa.

— Sim, sim, eu prometo.

— Você diz isso tão facilmente, mas como você sabe? Ou como eu sei? Tenho tão pouco para dar e, ao mesmo tempo, é muito. Oh Clyde! Prometa que não vai se cansar.

— Calma, se acalme. Você não deve começar a duvidar agora. Estaremos juntos até que a morte nos separe.

— Veja! Uma vez eu disse isso para... para ele, e agora...

— E agora, minha querida, eu não quero que você se preocupe mais com essas coisas. Claro que eu nunca, nunca vou me cansar de você e...

E pela primeira vez os lábios trêmulos dos dois se encontraram. O padre Roubeau estivera observando a trilha principal pela janela, mas não aguentou mais o esforço. Ele pigarreou e se virou.

— Sua vez agora, padre!

O rosto de Wharton ficou enrubescido com o fogo de seu primeiro abraço. Havia um tom exultante na voz do padre enquanto abdicava em favor do outro. Ele não teve dúvidas quanto ao resultado. Nem Grace, pois um sorriso brincou em sua boca enquanto ela encarava o padre.

— Minha filha — ele começou —, meu coração chora por você. É um sonho lindo, mas não pode se tornar realidade.

— Por que, padre? Eu já disse sim.

— Você estava fora de si. Não pensou no juramento que fez, diante do seu Deus, àquele homem que é seu marido. Cabe a mim fazê-la compreender a santidade de sua promessa.

— E se eu compreender e rejeitar mesmo assim?

— Então Deus...

— Que Deus? Meu marido tem um Deus que não quero adorar. Deve haver muitos.

— Minha filha! Renuncie a essas palavras! Ah, você não quis dizer isso! Entendo. Eu também tive esses momentos.

Por um instante, ele estava de volta à sua França natal, e um rosto melancólico, de olhos tristes, surgiu como uma névoa entre ele e a mulher diante dele.

— Então, padre, meu Deus me abandonou? Não sou mais perversa do que outras mulheres. Minha miséria com ele é grande. Por que deveria continuar sofrendo? Por que não posso buscar a felicidade? Não posso e não vou voltar para ele.

— O seu Deus foi antes abandonado. Retorne. Deixe que Ele carregue seu fardo e as trevas serão dissipadas. Minha filha...

— Não. É inútil. Eu tomei uma decisão e vou cumpri-la. Eu vou em frente. E se Deus me punir, vou suportar. O senhor não entende isso. Não sabe o que é ser mulher.

— Minha mãe era uma mulher.

— Mas...

— E Cristo nasceu de uma mulher.

Ela não respondeu. Fez-se silêncio. Wharton puxou o bigode com impaciência e olhou para a estrada. Grace apoiou o cotovelo na mesa, o rosto firme, determinado. O sorriso havia morrido. O padre Roubeau mudou a linha de argumentação.

— Tem filhos?

— Houve um tempo em que eu desejei, mas agora não mais. E fico feliz.

— E mãe?

— Sim.

— Ama você?

— Sim — suas respostas não passavam de sussurros.

— E irmão? Não importa, é homem. Tem irmã?

Sua cabeça respondeu num trêmulo "sim".

— É jovem? Muito pequena?

— Sete anos.

— E você pensou bem sobre tudo isso? Já pensou neles? Sua mãe? Sua irmã? Ela está no limiar da vida de mulher, e essa sua selvageria pode significar muito para ela. Você seria capaz de ir até ela, olhar seu rosto jovem e segurar sua mão ou acariciar seu rosto?

As palavras dele lhe incitaram imagens vívidas, até que ela gritou "Não! não!" e recuou como os cães-lobo do açoite.

— Mas você deve enfrentar tudo isso; e o melhor é fazê-lo agora.

Havia muita compaixão nos olhos do padre Roubeau, que ela não conseguia ver, mas seu rosto, tenso e trêmulo, não dava sinais de ceder. Grace ergueu a cabeça da mesa, forçou-se a conter as lágrimas e lutou para se controlar.

— Eu devo ir embora. Eles nunca mais vão me ver e acabarão me esquecendo. Serei para eles como uma pessoa morta. E... irei com Clyde. Hoje.

Parecia definitivo. Wharton deu um passo à frente, mas o

padre fez um gesto para que ele se afastasse.

— Você desejou ter filhos?

Um silencioso sim.

— E você orou por eles?

— Muitas vezes.

— Pensou no que aconteceria se os tivesse?

Os olhos do padre Roubeau fixaram-se por um momento no homem à janela. O rosto de Grace se iluminou por um segundo. Ela entendeu o verdadeiro significado do que ele estava dizendo. Ela ergueu a mão suplicante, mas ele continuou.

— Você pode imaginar um bebê inocente em seus braços? Menino? O mundo não é tão difícil para as meninas. Ora, seu próprio peito se tornaria fel! Você ficaria feliz e orgulhosa de seu filho ao olhar para outras crianças?

— Oh, tenha misericórdia! Silêncio!

— Um bode expiatório...

— Não! Não! Eu vou voltar! — Grace estava aos pés dele.

— Um filho que cresceria sem pensar no mal, e um dia, ter o belo nome da mãe jogado em seu rosto. Um filho que vai olhar para trás e amaldiçoá-la pelas entranhas que lhe deram vida!

— Oh, meu Deus! Meu Deus!

Grace rastejou diante dele. O padre suspirou e ajudou-a a se levantar. Wharton avançou, mas ela fez um gesto para que ele se afastasse.

— Fique longe de mim, Clyde! Eu vou voltar!

As lágrimas corriam lamentavelmente pelo seu rosto, mas ela não fez nenhum movimento para enxugá-las.

— Depois de tudo? Você não pode! Não vou deixar!

— Não toque em mim! — ela estremeceu e recuou.

— Toco sim! Você é minha! Está me ouvindo? Você é minha! — então ele se virou para o padre. — Que tolice a minha deixá-lo abanar sua língua idiota. Agradeça ao seu Deus por não ser um homem normal, porque eu... Mas a prerrogativa sacerdotal deve ser sempre exercida, hein? Bem, já fez sua parte.

Agora saia da minha casa ou esquecerei quem e o que você é!

O padre Roubeau acenou com a cabeça, pegou Grace pela mão e se dirigiu para a porta. Mas Wharton se interpôs.

— Grace! Você disse que me amava.

— Eu disse.

— Você ainda me ama?

— Sim. Eu te amo, Clyde. Eu te amo.

— Está ouvindo, padre? — gritou. — O senhor ouviu! E com essas palavras em seus lábios, ainda é capaz de mandá-la viver uma mentira, viver o inferno com aquele homem?

Mas o padre Roubeau levou a mulher às pressas para a sala interna e fechou a porta.

— Nenhuma palavra! — ele sussurrou para Wharton ao assumir uma postura despreocupada, sentando-se num banco. — Lembre-se, é para o bem dela.

A sala inteira retumbou com a batida da porta; a trava foi levantada e Edwin Bentham interveio.

— Algum sinal da minha esposa? — ele perguntou assim que as saudações de costume foram trocadas.

Duas cabeças balançaram ao mesmo tempo.

— Eu vi as pegadas dela, descendo da cabana — ele continuou hesitante — e parando bem aqui em frente, na estrada principal.

Os outros pareciam ouvi-lo entediados.

— E... e eu pensei... que...

— Que ela estava aqui! — gritou Wharton.

O padre o silenciou com um olhar.

— Você viu pegadas dela em direção a esta cabana, meu filho? — perguntou o padre Roubeau com malícia; ele tivera o cuidado de apagá-las ao subir pelo mesmo caminho, uma hora antes.

— Não parei para olhar, porque...

Seus olhos pararam, desconfiados, na porta da outra sala e questionaram o padre, que balançou a cabeça. Mas a dúvida ainda persistia. O padre Roubeau, silenciosamente, fez uma oração rápida e se levantou.

— Ora, se você duvida de mim...

E fez menção de ir abrir a porta. Um padre não pode mentir, era o que Edwin Bentham tinha ouvido muitas vezes e nisso acreditava.

— Claro que não, padre — interpôs ele, apressadamente. — Só estava me perguntando para onde minha esposa teria ido e pensei que talvez... suponho que ela foi para a casa da sra. Stanton, em French Gulch. O tempo está bom, não? Ouviu as novidades? A farinha caiu para 40 dólares cem gramas, e dizem que os che-cha-quas estão migrando rio abaixo em massa. Mas vou-me indo. Adeus.

A porta bateu, e da janela eles o observaram se dirigir para French Gulch com seus convidados.

Poucas semanas depois, logo após a enchente de junho, dois homens atiraram em uma canoa no meio do leito do rio e a prenderam a um pinheiro decrépito, o que apertava a amarração e movia o frágil barco para frente, como um rebocador o faria. O padre Roubeau foi instruído a deixar as terras altas e retornar para seus filhos de pele escura em Minook. Os homens brancos se juntaram a eles e devotavam muito pouco tempo à pesca e muito tempo a uma certa divindade cujo habitat transitório estava em incontáveis garrafas pretas. Malemute Kid também tinha negócios para administrar nas terras baixas, então eles viajaram juntos.

Mas em todo o Norte só havia uma pessoa que conhecia Paul Roubeau, o homem, e essa pessoa era Malemute Kid. Apenas diante dele o padre abandonava seu hábito sacerdotal e se mostrava como era. E por que não? Os dois homens se conheciam bem. Já não tinham compartilhado o último bocado de peixe, a última pitada de tabaco, os pensamentos mais íntimos nas extensões áridas e vazias do Mar de Bering, nos labirintos desolados do Grande Delta, durante a terrível jornada de inverno de Barrow Point para Porcupine? O padre Roubeau puxou uma baforada do seu velho cachimbo desgastado pelas trilhas e olhou o sol avermelhado, aninhado melancolicamente na orla do horizonte norte. Malemute Kid dava corda no relógio. Era meia-noite.

— Anime-se, meu velho! — Kid seguia o fio da meada. — Deus certamente perdoará a mentira. Ouça essas palavras de um homem que fala a verdade: mesmo que ela diga algo, lembre-se que seus lábios estão selados, e a marca do Cão cairá sobre quem ousar revelar o segredo. Se havia uma encrenca para ela, e uma mentira sinistra podia ajudá-la, foi melhor mentir: enquanto seus lábios sejam capazes, e ainda haja alguém para ouvir.

O padre Roubeau tirou o cachimbo da boca e pensou: "O homem diz a verdade, mas não atinge minha alma. Mentira e penitência são assuntos de Deus. Mas... mas...".

— O que é que há? Suas mãos estão limpas.

— Não, Kid. Já pensei muito. Mesmo sabendo, eu a deixei partir.

O trinado nítido de um tordo chegou até eles da floresta na costa, o chamado de uma perdiz tamborilou ao longe e um alce se lançou ruidosamente num redemoinho do rio, mas os dois continuaram a fumar em silêncio.

A SABEDORIA DA TRILHA

Sitka Charley alcançou o impossível. Outros índios podem ter conhecido a sabedoria da trilha tanto quanto ele, mas ele, sozinho, compreendia a sabedoria do homem branco, a honra da trilha e a lei. Mas essas coisas não lhe ocorreram em um dia. De modo geral, a mente aborígene é lenta e a repetição frequente dos fatos é necessária para se chegar a um entendimento. Sitka Charley, desde a infância, sempre fora atirado junto ao homem branco e, quando já adulto, decidira lançar sua sorte junto à deles, expatriando-se de uma vez por todas de seu povo. Mesmo então, respeitando, quase venerando seu poder e refletindo sobre ele, ainda estava por desvendar sua essência secreta – a honra e a lei. E foi apenas por evidências acumuladas ao passar dos anos que ele finalmente veio a entender. Sendo um forasteiro, quando ele de fato compreendia algo, compreendia melhor que o próprio homem branco; por ser um índio, alcançara o impossível.

Com isso, criou-se certo desprezo por seu povo, um desprezo que ele se acostumara a esconder, mas que agora irrompia num redemoinho de desgraças sobre as cabeças de Kah-Chucte e Gowhee. Eles se acanhavam diante dele como um par de cães-lobo rosnando, covardes demais para saltar, ferozes demais para cobrir suas presas. Eles não eram criaturas bonitas. Tampouco era Sitka Charley. Os três tinham uma aparência assustadora. Não havia carne em suas faces, as maçãs dos rostos eram repletas de crostas horríveis, que rachavam e congelavam alternadamente sob o gelo intenso, ao passo que seus olhos ardiam sinistramente com a luz que nasce do desespero e da fome. Em homens que se encontram assim, além do limite da honra e da lei, não se deve confiar. Sitka Charley sabia disso e foi por isso que os obrigara a abandonar seus rifles com o resto do acampamento, dez dias atrás. Seu rifle e o do capitão Eppingwell eram os únicos restantes.

— Venham, acendam uma fogueira – ordenou ele, puxando a preciosa caixa de fósforos com suas tiras de bétula seca.

Os dois índios caíram, soturnos, na tarefa de reunir galhos mortos e relva. Eles estavam fracos e paravam com frequência, inclinando-se com movimentos vertiginosos, ou cambaleando no meio da operação, com os joelhos tremulando como castanholas.

Depois de cada viagem, descansavam por um momento, como se estivessem doentes e fatalmente esgotados. Às vezes, seus olhos assumiam o estoicismo paciente de um sofrimento mudo e, então, o ego parecia quase explodir em um grito selvagem – Eu, eu, eu quero existir! – a nota dominante em toda vida no universo.

Uma leve lufada de ar soprava do Sul, pinicando as partes descobertas de seus corpos e levando a geada como agulhas de fogo, através do pelo e da carne, até os ossos. Então, quando o fogo cresceu robusto e derreteu um círculo úmido na neve, Sitka Charley forçou seus relutantes camaradas a dar uma mão na instalação de um toldo. Era algo primitivo, um mero cobertor esticado, paralelo à fogueira e na direção do vento, num ângulo de talvez 45 graus. Isso bloqueava o vento frio e devolvia o calor para baixo, sobre aqueles que se encolhiam em seu abrigo. Então, uma camada de ramos de abeto verde foi espalhada, para que seus corpos não entrassem em contato com a neve. Quando essa tarefa foi concluída, Kah-Chucte e Gowhee começaram a cuidar de seus pés. Seus mocassins cobertos de gelo estavam miseravelmente desgastados devido a muitas viagens, e o gelo afiado da barragem do rio os havia reduzido a trapos.

Suas meias indígenas estavam em condições similares, e quando foram descongeladas e removidas, a ponta dos dedos dos pés, brancas como a morte e em vários estágios de decomposição, contavam seu simples conto da trilha.

Deixando os dois a secar os calçados, Sitka Charley retornou para o caminho que havia percorrido. Ele também tinha um grande anseio de sentar-se junto à fogueira e cuidar de sua carne lamentosa, mas a honra e a lei proibiam. Trabalhou dolorosamente sobre o campo congelado, cada passo um protesto, cada músculo em revolta. Várias vezes, onde a água entre as barragens do rio havia recentemente encrostado, ele foi forçado a acelerar deploravelmente seus movimentos, pois o chão frágil balançava, ameaçando debaixo dele. Em tais lugares a morte era fácil e rápida, mas não era sua vontade deixar de persistir.

Sua ansiedade crescente desapareceu quando dois índios surgiram em uma curva do rio. Eles cambaleavam e bufavam como homens sob cargas pesadas, contudo, as mochilas nas suas costas se tratavam de apenas uns poucos quilos. Ele os interrogou avidamente e suas respostas pareciam aliviá-lo. Apressou-se. Em seguida, vieram dois homens brancos, apoiando entre eles uma mulher. Eles também se comportavam como se estivessem bêbados e seus membros tremiam de fraqueza. Mas a mulher inclinava-se levemente sobre eles, escolhendo seguir em frente com as próprias forças. Ao avistá-la, um lampejo de alegria cruzou fugazmente o rosto de Sitka Charley. Ele nutria grande consideração pela sra. Eppingwell. Tinha visto muitas mulheres brancas, mas esta fora a primeira a percorrer a trilha com ele. Quando o capitão Eppingwell pusera a perigosa empreitada e lhe fizera uma oferta por seus serviços, ele balançou a cabeça gravemente, pois era uma jornada desconhecida pela vastidão sombria das Terras do Norte, e ele sabia que seria do tipo que testa ao extremo a alma dos homens. Mas quando soube que a esposa do capitão iria acompanhá-los, se recusara terminantemente a ter qualquer envolvimento. Se fosse uma mulher de sua etnia, ele não teria nutrido objeções, mas essas mulheres das Terras do Sul... não, não; elas eram muito delicadas, muito dóceis para tais empreitadas.

Sitka Charley não conhecia esse tipo de mulher. Cinco minutos atrás, ele nem sequer sonhara em comandar a expedição, mas quando ela foi até ele com seu sorriso encantador e seu inglês puro e limpo, indo direto ao ponto, sem implorar ou persuadir, ele imediatamente cedeu. Houvesse uma suavidade ou apelo à misericórdia no olhar, um tremor na voz, ou intenção de tirar proveito do seu sexo, ele teria endurecido como aço; em vez disso, seus olhos perscrutadores e sua voz límpida, sua franqueza absoluta e sua suposição implícita de igualdade roubaram-lhe a razão. Ele sentiu, então, que esta era uma nova categoria de mulher e, antes que fossem companheiros de trilha por muitos dias, entendera por que os filhos dessas mulheres dominavam a terra e o mar, e por que os filhos de sua espécie não podiam triunfar contra eles. Dócil e delicada! Dia após dia ele a observava, os músculos cansados, exausta, indomável, e as palavras ecoavam nele em um refrão perpétuo. Dócil e delicada! Ele sabia que os pés dela haviam nascido para caminhos fáceis e terras ensolaradas, estranhos à dor mocassinada do Norte, intocados pelos lábios frios da geada, e ele observava e se espantava com eles, sempre cintilantes por entre os dias fatigantes.

Ela sempre tinha um sorriso e uma palavra de ânimo, do qual nem mesmo o mais desprezível capanga escapava. À medida que o caminho ficava mais escuro, ela parecia endurecer e ganhar mais força, e quando Kah-Chucte e Gowhee — que haviam se gabado de conhecer cada marco do caminho, como uma criança conhecia as alças de pele da sua tenda — admitiram que não sabiam onde estavam, foi ela quem levantou uma voz de perdão em meio às maldições dos homens. Ela havia cantado para eles naquela noite, até que sentissem o cansaço lhes deixar e estavam prontos para enfrentar o futuro com esperanças renovadas. E quando a comida fracassou e cada escassa porção foi mensurada com ciúme, foi ela quem se rebelou contra as tramas de seu marido e Sitka Charley e exigiu e recebeu uma parte nem maior nem menor que a dos demais.

Sitka Charley tinha orgulho de conhecer essa mulher. Uma nova riqueza e maior amplitude entraram em sua vida com a presença dela. Até então, ele tinha sido seu próprio mentor, virava à direita ou à esquerda sem a aprovação de ninguém, se moldara de acordo com os próprios ditados, nutria sua masculinidade indiferente a tudo, salvo a própria opinião. Pela primeira vez, ele havia sentido um apelo, vindo de fora, para o que de melhor havia nele; apenas um olhar de apreciação dos olhos perscrutadores e uma palavra de agradecimento da voz límpida, apenas um leve curvar dos lábios num sorriso maravilhoso e ele caminhava com os deuses por horas a fio. Era um estímulo novo à sua virilidade; pela primeira vez, ele vibrava com um orgulho consciente da sua sabedoria da trilha e os dois sempre reerguiam os corações naufragados de seus camaradas.

Os rostos dos dois homens e da mulher se iluminaram ao avistá-lo, pois, afinal, ele era o cajado sobre o qual se apoiavam. Mas Sitka Charley, severo como de costume, ocultando dor e prazer indiscriminadamente sob um exterior de aço, indagou-os sobre o bem-estar dos demais, calculou a distância até a fogueira e continuou a viagem de volta. Em seguida, ele encontrou um único índio, sem cargas, mancando, lábios comprimidos e olhos fixados pela dor de um pé, no qual a pressa travava uma batalha perdida com a morte. Todos os cuidados possíveis foram-lhe dispensados, mas, nos últimos extremos, os fracos e desafortunados devem perecer, e Sitka Charley julgou que seus dias eram poucos. O homem não conseguiu acompanhá-lo por muito tempo, então ele lhe deu palavras duras de encorajamento. Depois, vieram mais dois índios, a quem ele havia incumbido a tarefa de ajudar Joe, o terceiro homem branco do grupo. Eles o haviam abandonado. Sitka Charley entreviu a sorrateira insinuação em seus corpos e soube que haviam, finalmente, desprezado sua autoridade. Portanto, quando ordenou que voltassem em busca de sua carga abandonada, não foi pego de surpresa e viu o reluzir das facas de caça que puxavam de suas bainhas. Um espetáculo lastimável, três homens fracos erguendo suas débeis forças em face da todo-poderosa imensidão; mas os dois recuaram sob os ferozes golpes de rifle do outro e voltaram como cães espancados para a coleira. Duas horas depois, com Joe trepidando entre eles e Sitka Charley conduzindo a retaguarda, chegaram à fogueira, onde o restante da expedição agachou-se ao abrigo do toldo.

— Umas poucas palavras, meus camaradas, antes de dormirmos — disse Sitka Charley, depois de terem devorado suas escassas rações de pão ázimo. Ele estava falando com os índios na língua deles, já tendo dado o recado aos brancos – algumas palavras, meus camaradas, pelo vosso próprio bem, para que possais, porventura, ainda viver. Eu vos darei a lei; por sua própria conta está a morte daquele que a quebrar. Passamos as Colinas do Silêncio e agora viajaremos pelos altos domínios do Stuart. Pode ser que leve uma noite, pode ser que leve algumas, muitas noites, mas, com o tempo, chegaremos juntos aos homens de Yukon, que têm muita comida. Seria bom se nos ativéssemos à lei. Hoje, Kah-Chucte e Gowhee, a quem comandei que abrissem a trilha, esqueceram-se que eram homens e fugiram como crianças assustadas. É verdade que esqueceram, pois então esqueçamos nós. Mas daqui em diante, que eles se lembrem. Se acontecer de não se lembrarem... – ele tocou seu rifle, despreocupado, sombrio. — Amanhã, vão carregar a farinha e providenciar para que o branco, Joe, não sucumba à trilha. Os copos de farinha estão contados; ao anoitecer, aconteça de darmos falta de um grama sequer... Entendeis? Hoje, houve outros que esqueceram. Cabeça de Alce e Três Salmões deixaram o homem branco, Joe, para jazer na neve. Que eles não mais se esqueçam. Com o raiar do dia, eles sairão e abrirão a trilha. Vós escutastes a lei. Vigiai, a fim de que não a quebreis.

Sitka Charley descobriu que manter a fila unida estava além de suas capacidades. De Cabeça de Alce e Três Salmões, que abriam a trilha à frente, a Kah-Chucte, Gowhee e Joe, ela se dispersava por mais de um quilômetro. Cada um vacilava, caía ou descansava como bem entendia. A fila da marcha era uma progressão por entre uma cadeia de paradas irregulares. Cada um apelava ao último resquício de suas forças e cambaleava em frente até que se esgotasse, mas por algum milagre, sempre havia um último resquício remanescente. Cada vez que um homem caía, era com a firme convicção de que não levantaria mais, e ainda assim ele se levantava outra e outra vez. A carne sucumbia, a vontade dominava; mas cada triunfo era uma tragédia. O índio com o pé congelado, não mais ereto, arrastava-se nas mãos e nos joelhos. Ele raramente descansava, pois sabia da pena imposta pela geada.

Até mesmo os lábios da sra. Eppingwell estavam, por fim, figurados num sorriso pétreo, e seus olhos viam sem nada enxergar. Frequentemente ela parava, pressionando sua mão enluvada contra o coração, ofegante e atordoada.

Joe, o homem branco, havia ultrapassado o estágio do sofrimento. Ele não implorava mais para ser deixado em paz ou rezava para morrer, mas estava reconfortado e contente sob a analgesia do delírio. Kah-Chucte e Gowhee o arrastavam bruscamente, desferindo sobre ele ora um olhar, ora uma pancada feroz. Para eles, era o auge da injustiça.

Seus corações estavam amargos com o ódio, pesados com o medo. Por que deveriam comprometer suas forças com a fraqueza dele? Fazê-lo significava morrer, não fazê-lo... e lembraram-se da lei de Sitka Charley e do rifle.

Joe caía com maior frequência conforme a luz do dia diminuía, e tão difícil era reerguê-lo, que eles ficavam cada vez mais para trás. Às vezes, todos os três tombavam na neve, de tão fracos os índios haviam ficado. Contudo, nas costas eles carregavam vida, e força, e calor.

Dentro dos sacos de farinha estavam todas as possibilidades de existência. Eles nada podiam senão pensar nisso, e não foi estranho o que se seguiu. Eles caíram ao lado de uma grande barragem de madeira, onde mil tiras de lenha aguardavam o fósforo. Perto dali, havia uma passagem de ar através do gelo. Kah-Chucte contemplou a lenha e a água, assim também fez Gowhee; então eles se entreolharam.

Nem sequer uma palavra foi dita. Gowhee acendeu o fogo;

Kah-Chucte encheu um copo de lata com água e o aqueceu; Joe tagarelava coisas de outro mundo, numa língua que eles não entendiam.

Eles misturaram farinha com a água quente até que se formasse uma pasta rala e dela beberam muitos copos. Não ofereceram nada a Joe, mas ele não se importou. Ele não se importava com nada, nem mesmo com seus mocassins, que queimavam e fumegavam em meio ao carvão.

Uma neblina cristalina de neve caiu sobre eles, gentil e carinhosamente, embrulhando-os em finos mantos brancos. E seus pés teriam ainda percorrido muita trilha, não tivesse o destino varrido as nuvens e limpado o ar. Não... mais dez minutos teriam sido a salvação.

Sitka Charley, olhando para trás, viu a coluna de fumaça da fogueira deles e deduziu. E ele olhou para frente, para os que eram fiéis, e para a sra. Eppingwell.

– Então, meus bons camaradas, vós vos esquecestes de novo de que eram homens? Bom! Muito bom. Haverá menos barrigas para alimentar. – Sitka Charley, reatou a farinha enquanto falava, amarrando o embrulho ao outro nas suas costas. Ele chutou Joe até que a dor rompeu o êxtase do pobre diabo e o trouxe de pé, tremendo. Depois ele o empurrou no sentido da trilha e fez com que seguisse. Os dois índios tentaram escapar.

– Espere, Gowhee! E tu também, Kah-Chucte! Terá a farinha dado tantas forças às vossas pernas que elas possam correr mais que o veloz chumbo-alado? Não penseis em trapacear a lei. Sede homens uma última vez e contentai-vos de que morrestes de barriga cheia. Vinde, à frente, de volta à fogueira, ombro a ombro. Vinde! – os dois obedeceram, quietos, sem medo; porque é o futuro que coage o homem, não o presente.

– Tu, Gowhee, tens uma esposa, filhos e uma cabana de pele de veado em Chipewyan. Qual é a tua vontade nessa questão?

– Dê a ela os bens que são meus, segundo a palavra do capitão: as mantas, as bugigangas, o tabaco, a caixa que faz sons estranhos à maneira do homem branco. Diga que morri na trilha, mas não diga como.

– E tu, Kah-Chucte, que não tem nem esposa nem filho?

– Tenho uma irmã, esposa do feitor em Koshim. Ele bate nela e ela não é feliz. Dê a ela os bens que são meus, segundo o contrato, e diga a ela que seria bom que retornasse para seu povo. Aconteça que tu encontres o homem e tenhas consideração, seria um bom feito que ele morresse. Ele bate nela e ela tem medo.

– Contentai-vos em morrer segundo a lei?

– Sim.

– Então, adeus, meus camaradas. Que possais vos sentar ao lado de panelas fartas e cabanas quentes antes que o dia termine – enquanto falava, ele ergueu seu rifle e muitos ecos romperam o silêncio. Eles mal haviam desfalecido quando outros rifles falaram ao longe.

Houve mais de um tiro, contudo havia apenas um outro rifle no grupo.

Ele olhou de passagem os homens que jaziam silenciosamente, sorriu com malícia, com a sabedoria da trilha, e correu ao encontro dos homens de Yukon.

A ESPOSA DE UM REI

Outrora, quando as Terras do Norte ainda eram jovens, as virtudes sociais e cívicas eram muito semelhantes em escassez e simplicidade. Quando o fardo dos deveres domésticos cresceu e o clima na fogueira se transformou num protesto constante contra a solidão sombria, aos aventureiros das Terras do Sul não restou alternativa a não ser pagar os preços estipulados e tomar para si esposas nativas. Foi um antegozo do Paraíso para as mulheres, pois deve-se confessar que os viajantes brancos cuidavam delas e as tratavam muito melhor do que seus parceiros indígenas. Os homens brancos, naturalmente, ficavam satisfeitos com tais negociações, assim como os índios também. Após terem vendido suas filhas e irmãs por cobertores de algodão e rifles obsoletos e trocado suas peles quentes por tecidos vagabundos e uísque ruim, os filhos da terra sucumbiram ao consumo desenfreado e outras doenças relacionadas às bênçãos de uma civilização superior.

Foi num desses dias de simplicidade arcadiana que Cal Galbraith partiu em viagem e adoeceu no rio Lower. Foi um revigorante advento na vida das boas Irmãs da Santa Cruz, que lhe deram abrigo e remédios, embora elas nem sonhassem com o quente elixir que o toque de suas mãos suaves infundia nas veias do homem, assim como seus delicados movimentos ao administrar as medicações. Cal Galbraith ficou perturbado com pensamentos estranhos que clamavam por sua atenção, até o momento em que seus olhos pousaram sobre a garota da Missão, Madeline. Ele não deu sinais, aguardando sua hora com paciência. Ficou mais forte com a chegada da primavera e, quando o sol escalou os céus em um recorte dourado e a alegria e o pulsar da vida espalhavam-se por toda a terra, ele reuniu as forças de seu corpo ainda fraco e partiu.

Quanto a Madeline, a garota da Missão, era órfã. Seu pai branco havia cruzado com o urso-pardo careca em seu caminho, e não foi poupado da morte. Em seguida, sua mãe, índia, sem nenhum homem para abastecer o esconderijo de inverno, assumiu o risco de esperar a corrida do salmão com nada mais que vinte quilos de farinha e a metade de bacon. Depois disso, a bebê, Chook-ra, recebeu um novo lar com as boas Irmãs, e com ele, um novo nome.

Mas Madeline ainda tinha parentes, o mais próximo era seu tio, um homem devasso que ultrajava seus órgãos vitais com quantidades excessivas do uísque do homem branco. Embora se esforçasse diariamente para caminhar com os deuses, seus pés procuravam os atalhos mais curtos para a cova. Quando sóbrio, sofria verdadeiras torturas. Não tinha nenhuma consciência da vida. A este antigo vagabundo, Cal Galbraith se apresentou como devido, e muitas palavras e muito fumo subiram pelos ares na conversa que se seguiu. Promessas também foram feitas e, ao fim, o velho pagão pegou alguns quilos de salmão seco e sua canoa de casca de bétula e remou para a Missão da Santa Cruz.

Não é dado ao mundo saber quais promessas fez e quais mentiras contou — as Irmãs nunca fofocavam; mas quando ele voltou, em seu peito moreno havia um crucifixo de bronze, e na sua canoa, trazia sua sobrinha, Madeline. Naquela noite, na aldeia, houve um grande casamento e um potlach, de modo que não houve pesca pelos dois dias seguintes. Mas pela manhã, Madeline sacudiu a poeira do rio Lower de seus mocassins e, com o marido, em um barco a motor, foi morar no Upper River, num lugar conhecido como Lower Country. E foi uma boa esposa nos anos que se seguiram, sendo cúmplice do marido em suas dificuldades e preparando sua comida. E o manteve no caminho dos bons homens, até que ele aprendeu a economizar o ouro e a trabalhar com afinco. Por fim, ele ficou rico e construiu uma cabana em Circle City; sua felicidade era tanta que os homens que vinham visitá-lo ficavam incomodados diante de tudo, e o invejavam muito.

Mas o Norte ia amadurecendo, e as amenidades sociais começaram a fazer parte do cotidiano.

Até então, o Sul houvera enviado seus filhos, mas naquele momento se observava um novo movimento, desta vez de suas filhas. Não eram irmãs, nem esposas. Mas essas mulheres do Sul colocaram novas ideias na cabeça dos homens, e conseguiram imbuir o tom de todas as coisas com suas peculiaridades. As índias não mais se reuniam nas danças, nas tradicionais quadrilhas da Virgínia, ou se divertiam com as notas musicais alegres de *Dan Tucker*. Elas recuaram em seu estoicismo natural e, sem reclamar, observavam, de dentro de suas cabanas, o governo das irmãs brancas. Assim, outro êxodo surgia pelas montanhas, vindo das prolíficas Terras do Sul.

Desta vez, o êxodo era das mulheres que haviam conquistado o poder na terra. Sua palavra era lei, e sua lei era de aço. Elas desaprovavam as esposas indígenas, ao passo que essas se tornavam compassivas, submissas. Não faltaram covardes que se envergonhavam de seus laços com as filhas da terra, que olhavam com recém-adquirido desgosto para seus filhos de pele escura; mas também havia outros — homens — que se mantinham fiéis e orgulhosos de seus votos aborígenes. Isso foi quando divorciar-se das esposas nativas virou um hábito. Cal Galbraith manteve sua masculinidade e, ao fazê-lo, sentiu em seu ombro a mão pesada das mulheres que tinham vindo por último, que sabiam menos, mas que governavam a terra.

Certo dia, o Upper Country, que fica muito acima de Circle City, foi declarado rico. Equipes de cães levaram a notícia para Salt Water; navios mercantes transportavam as boas-novas pelo Pacífico Norte; fios e cabos vibravam com a novidade; e o mundo ouviu falar pela primeira vez no rio Klondike e no país de Yukon. Cal Galbraith vivera os últimos anos em discrição. Ele fora um bom marido para Madeline, e ela o abençoara. Mas, com o tempo, o desânimo se abateu sobre ele; sentia vagos anseios de se reintegrar à sua natureza, à vida da qual havia sido excluído — o típico desejo, que os homens às vezes sentem, de deixar tudo e saborear o melhor da vida.

Circle City estava morta. O mundo subiu as águas do rio e se tornou um mundo novo e maravilhoso. Cal Galbraith ficava inquieto com essas mudanças, desejando ver tudo com os próprios olhos.

Então, após a lavagem, ele pesou algumas centenas de libras de ouro em pó na grande balança da empresa e tirou um punhado para Dawson. Em seguida, colocou Tom Dixon no comando de suas minas, deu um beijo de despedida em Madeline, prometeu voltar antes que o gelo começasse a derreter e conseguiu uma passagem de trem rio acima.

Madeline esperou, esperou durante todos os três meses de dias claros. Alimentou os cães, devotou muito de seu tempo ao pequeno Cal, viu o curto verão se esvair e o sol começar sua longa jornada para o Sul. E orou muito à maneira das Irmãs da Santa Cruz. Chegou o outono. O gelo misturava-se à água no Yukon e os reis de Circle City voltavam ao trabalho de inverno em suas minas, mas nada de Cal Galbraith. Tom Dixon recebeu uma carta para que seus homens levassem à Madeline um suprimento de inverno de pinho seco. Outra carta orientava que suas equipes de cães transportassem as melhores provisões para o abastecimento dela, e disseram-na que seu crédito era ilimitado.

No decorrer das últimas eras, há uma ideia corrente de que o homem é o principal instigador dos infortúnios da mulher, e, nesse caso, os homens não contestaram, e praguejaram duramente contra um deles que estava ausente, enquanto as mulheres falhavam em fazer o mesmo. Então, sem demora, Madeline começou a ouvir histórias curiosas sobre os feitos de Cal Galbraith, e de certa dançarina grega que brincava com homens como crianças brincam com bolhas. Madeline era índia e, além disso, não tinha nenhuma amiga a quem pedir conselhos sábios. Tudo o que fazia era orar e planejar, e naquela noite, sendo rápida em decisão e ação, ela atrelou os cães e, com o pequeno Cal amarrado com segurança ao trenó, partiu.

Embora o Yukon ainda se encontrasse navegável, o redemoinho ganhava forma, e, dia após dia, novos fios de neve apareciam na superfície. Salvo aquele que já fez o mesmo, nenhum homem pode saber o que ela suportou ao viajar cento e cinquenta quilômetros sobre o gelo; nem podem compreender a labuta e as dificuldades de quebrar os mais de trezentos quilômetros de gelo acumulado que restaram depois de o rio ter congelado de vez. Mas Madeline era uma índia e fazia tais coisas e, certa noite, ouviu-se uma batida na porta de Malemute Kid. Ele, após alimentar uma equipe de cães famintos e colocar um cão jovem para dormir, voltou sua atenção à mulher, em extremo estado de cansaço. Enquanto ouvia sua história, ele encarregou-se dos mocassins dela, cobertos de gelo, e depois tratou de enfiar a ponta de sua faca em seus pés para ver o quanto estavam congelados.

Apesar da óbvia virilidade, Malemute Kid tinha certa brandura, um característico elemento feminino que poderia ganhar a confiança de um cão-lobo rabugento e, ao mesmo tempo, extrair confissões do coração mais invernal. Não que ele buscasse tais segredos. Mas os corações se abriam para ele tão espontaneamente quanto flores ao sol. Até o padre, o padre Roubeau, era conhecido por confessar-se com ele, bem como homens e mulheres das Terras do Norte tinham o costume de bater em sua porta, porta cuja trinca estava sempre levantada. Quanto a Madeline, ele estava certo disso, agira bem. Ela conhecia Kid desde o momento em que lançou sua sorte entre as pessoas da raça etnia de seu pai, e, da perspectiva da mente meio bárbara da índia, era como se naquele homem estivesse centrada a sabedoria de todas as idades, que entre o olhar dele e o futuro não havia véus intermediários.

Era uma terra de falsos ideais. As restrições sociais de Dawson não eram como foram no passado, e o rápido amadurecimento das Terras do Norte envolvia muitas mentiras. Malemute Kid estava ciente disso, e antecipava cada passo de Cal Galbraith.

Ele sabia que palavras precipitadas semeiam muitos males; além disso, estava decidido a ensinar uma grande lição ao homem. Stanley Prince, o jovem especialista em mineração, foi chamado à conferência na noite seguinte, assim como Lucky Jack Harrington com seu violino. Naquela mesma noite, Bettles, que tinha uma grande dívida para com Malemute Kid, atrelou os cães de Cal Galbraith, amarrou Cal Galbraith Júnior ao trenó e desapareceu no escuro, em direção ao rio Stuart.

II

— Então... um, dois, três; um, dois, três. Agora, trocando! Não, não! Comece de novo, Jack. Veja, assim — Prince executou o movimento exato de quem guia os passos numa dança.

— Agora, um, dois, três; um, dois, três. Trocando! Ah! Bem melhor. Tente de novo. E veja, não olhe para seus pés. Um, dois, três; um, dois, três. Passos mais curtos! Está pensando que é a haste do trenó? Tente de novo.

— Isso! É assim mesmo. Um, dois, três; um, dois, três — de voltas em voltas, iam Prince e Madeline em uma valsa sem fim. A mesa e os bancos foram empurrados contra a parede para dar mais espaço. Malemute Kid sentou-se no beliche, queixo contra os joelhos, muito interessado. Jack Harrington sentou-se ao lado dele, arranhando seu violino e seguindo os dançarinos.

Era uma situação ímpar o compromisso desses três homens com a mulher. A parte mais patética, talvez, era a maneira profissional com que eles tratavam tudo.

Nunca algum atleta fora treinado com mais rigidez para uma competição, nem cão-lobo para o arreio, do que aquela mulher, naquele momento. Mas eles tinham um bom material, pois, ao contrário da maioria das mulheres de sua raçaetnia, Madeline, em sua infância, havia escapado de carregar fardos pesados e do trabalho árduo da trilha. Além disso, era uma criatura esguia, de bonitos contornos e possuidora de muita graça, que até então não havia sido desvendada. Era essa graça que os homens se esforçavam para trazer à luz e colocar em forma.

— O problema é que lhe ensinaram a dança toda errada — Prince comentou para os homens no beliche, depois de deixar sua pupila ofegante descansar à mesa. — Ela é rápida para aprender, no entanto, eu poderia fazer um trabalho ainda melhor se ela nunca tivesse dançado um passo. Mas diga, Kid, eu não consigo entender isso — Prince imitou um movimento peculiar dos ombros e da cabeça que Madeline fazia ao andar.

— Para sorte dela, foi criada na Missão — respondeu Malemute Kid —, carregava aquela coisa... sabe, os cestos na cabeça. Algumas mulheres índias sofrem, mas ela não precisou fazer isso até o casamento, e mesmo assim, foi apenas no início. Vi forte aliança que tinha com aquele marido dela. Eles passaram pela fome de Forty Mile juntos.

— Podemos quebrar essa aliança?

— Não sei.

— Talvez umas longas caminhadas com seus mentores já bastem. Acho que eles conseguem alguma coisa, certo, Madeline? — a jovem assentiu. Se Malemute Kid, que sabia de todas as coisas, disse assim, é porque assim seria. E isso bastava.

E então, a índia se aproximou deles, ansiosa para começar de novo. Harrington a examinou, pensando quantos pontos valia, da mesma maneira que os homens costumam fazer com os cavalos. Certamente não se decepcionou, pois perguntou com súbito interesse:

— O que aquele seu tio miserável conseguiu?

— Um rifle, um cobertor, vinte garrafas de bebida alcoólica. O rifle estava quebrado — ela disse com desdém, como se estivesse enojada com o quão baixo seu valor de moça solteira havia sido avaliado.

Ela falava um inglês razoável, com muitas peculiaridades que adquiriu do marido, mas ainda era perceptível o sotaque indígena, marcado pelo apalpamento articulatório e os guturais estranhos. Até mesmo disso seus instrutores haviam se responsabilizado, e com grande sucesso.

No intervalo seguinte, Prince descobriu uma nova questão.

— Olha aqui, Kid — disse ele —, estamos fazendo errado, tudo errado. Ela não pode aprender com mocassins.

— Calce os pés dela nos chinelos e depois, no chão encerado... e fiu! — Madeline ergueu um pé, e olhou pensativa para seus mocassins deformados. Nos invernos anteriores, tanto em Circle City quanto em Forty Mile, ela havia dançado muitas noites com calçados semelhantes, e não havia nada de errado com eles.

E agora, bem, se havia algo errado, isso estava a cargo de Malemute Kid saber, e não dela.

E Malemute Kid, de fato, sabia, e tinha um bom olho para medir; então ele vestiu o gorro e as luvas e desceu a colina para fazer uma visita à sra. Eppingwell. Seu marido, Clove Eppingwell, era figura notória na comunidade como um dos importantes oficiais do governo. Kid notara seu pezinho esguio certa noite, no Baile do Governador. E como ele também sabia que ela era bela e sensata na mesma medida, não custava pedir-lhe um pequeno favor.

Quando ele retornou, Madeline retirou-se por um momento para a sala interna, e ao que reapareceu, deixou Prince boquiaberto.

— Santo Pai! — ele engasgou. — Quem imaginaria! A bruxinha! Ora, essa...

— É uma jovem inglesa — interrompeu Malemute Kid — com pés ingleses. Essa jovem está habituada às corridas de pés pequenos. Os mocassins apenas alargaram seus pés de maneira saudável, ao passo que ela não os desfigurou na infância, quando corria com os cachorros — mas essa explicação falhou totalmente em acalmar a admiração de Prince. E Harrington, ao olhar para aqueles pés e tornozelos, que descreviam curvas primorosas, sentiu seu instinto comercial aflorar, e repassou por sua mente a lista sórdida, "um rifle, um cobertor, vinte garrafas de bebida alcoólica".

Madeline era a esposa de um rei, um rei cujo tesouro dourado podia comprar tantos inúmeros fantoches da moda; no entanto, em toda a sua vida, seus pés não conheceram nenhum acessório, exceto pele de alce curtida. A princípio, ela olhou maravilhada para os minúsculos chinelos de cetim branco; e entendeu rapidamente a admiração típica de um homem que brilhava nos olhos daqueles ali presentes. Seu rosto ficou vermelho de vaidade. No momento, ela estava embriagada com sua graciosidade feminina, e então murmurou, com desprezo ainda maior: "E um rifle quebrado!". Então, o treinamento continuou. Todos os dias, Malemute Kid levava a jovem em longas caminhadas dedicadas à correção de sua postura e ao encurtamento de seu passo.

Havia pouca probabilidade de a identidade dela ser descoberta, pois Cal Galbraith e o resto dos veteranos eram como crianças perdidas entre os muitos estranhos que surgiam nas terras. Além disso, a geada do Norte tem um hálito amargo, e as ternas mulheres do Sul costumavam usar máscaras de lona para proteger o rosto das gélidas carícias cortantes. Com rostos obscurecidos e corpos perdidos em parcas de pele de esquilo, mãe e filha, encontrando-se na trilha, seriam como estranhas uma para a outra.

O treinamento progrediu rapidamente. No começo, foi lento, mas depois houve uma súbita aceleração, quando Madeline experimentou os chinelos de cetim branco e, ao fazê-lo, encontrou-se. O orgulho de seu pai renegado, além de qualquer autoestima natural que ela pudesse possuir, naquele instante fizeram-se presentes. Até então, ela se considerava uma mulher de raça etnia estranha, de origem inferior, comprada pelo favor de seu senhor. Seu marido lhe parecia um deus, que a elevou ao seu próprio nível divino, sem nenhuma virtude essencial da parte dela. Mas ela nunca se esqueceu, mesmo quando o pequeno Cal nasceu, que ela não era do mesmo povo que ele. Assim como ele era um deus, suas mulheres também eram deusas. E ela podia ver a si mesma em relação a elas, em contraste, mas nunca em comparação.

Pode ser que a familiaridade tenha gerado desprezo; entretanto, seja como fosse, ela começou a entender esses homens brancos errantes e a ponderar sobre eles.

É verdade que sua mente estava nebulosa demais para entrar em análises espontâneas, mas ela ainda tinha a clareza da visão feminina em tais assuntos. Na noite dos chinelos, ela estudou a admiração aberta e arrojada de seus três amigos homens, e, pela primeira vez, houve uma sugestão de comparação. Eram apenas um pé e um tornozelo, mas as comparações não param, pela natureza das coisas, nesse ponto. Ela se julgou pelos padrões deles até que a divindade de suas irmãs brancas fosse destruída. Afinal, eram apenas mulheres; por que ela não deveria se exaltar entre elas? Ao fazer essas coisas, ela enxergava suas lacunas e, com esse conhecimento, veio sua força. E ela se esforçou tanto, que seus três mentores ficavam divagando até tarde da noite sobre o mistério eterno da mulher.

Assim se aproximava a noite de Ação de Graças. De vez em quando, Bettles mandava notícias pelo rio Stuart sobre a boa saúde do pequeno Cal. A hora do retorno se aproximava. Mais de uma vez, um visitante casual, escutando de longe a música e a pulsação rítmica dos pés, entrava, e se deparava com Harrington se arrastando sobre os pés e os outros dois marcando o ritmo ou discutindo calorosamente sobre um determinado passo. Madeline nunca estava em evidência; com frequência, escapava para a sala interna.

Foi em uma dessas noites que Cal Galbraith apareceu. Boas notícias chegavam do rio Stuart, e Madeline se superou ao demonstrar não a forma como caminhava, o porte ou a graciosidade, mas a faceirice feminina. Eles apelavam às respostas prontas, e ela se defendeu brilhantemente; e então, cedendo à embriaguez do momento e do próprio poder, ela os intimidou, dominou, enganou e subjugou com o mais surpreendente sucesso. E, numa reação instintiva e involuntária, eles se curvaram, não para sua beleza, sua sabedoria, seu humor, mas para aquele algo indefinível na mulher a que o homem cede, mas não pode nomear.

A sala estava atordoada pelo mais puro deleite. Madeleine e Prince embalaram-se na última dança da noite, enquanto Harrington lançava floreios inconcebíveis, e Malemute Kid, completamente abandonado, agarrou a vassoura e executava giros loucos por conta própria.

Naquele instante, a porta sacudiu com uma batida forte, e seus olhares rápidos flagraram a trava se levantando. Mas eles haviam sobrevivido a situações semelhantes antes. Harrington não deixou nem uma nota morrer. Madeline disparou para a sala interna. A vassoura foi arremessada para baixo do beliche e, quando Cal Galbraith e Louis Savoy enfiaram suas cabeças para dentro, Malemute Kid e Prince estavam nos braços um do outro, descrevendo passos valseados loucamente pela sala.

Via de regra, as índias não costumam fingir desmaios, mas Madeline chegou mais perto disso do que jamais esteve em sua vida. Por uma hora, ela se agachou no chão, ouvindo as vozes pesadas dos homens como estrondosas trovoadas. Como notas familiares de melodias infantis, cada entonação, cada artifício disfarçado sob o tom de voz do marido a atingia como um baque, apertando seu coração e enfraquecendo seus joelhos, até ela acabar se deitando, meio desmaiada, contra a porta. Foi bom que ela não tenha visto nem ouvido o que se seguiu à partida dele.

— Quando planeja voltar para Circle City? — Malemute Kid perguntou com simplicidade.

— Não pensei muito sobre isso — respondeu ele. – Não antes de o gelo quebrar, talvez.

— E Madeline?

Ele enrubesceu com a pergunta, e os cantos de seus olhos penderam ligeiramente. Malemute Kid sentiu que era capaz de desprezá-lo, se não fosse conhecer bem os homens. Mas, como era de esperar, sua garganta vibrou contra as esposas e filhas que haviam chegado naquelas terras, e que, não satisfeitas em usurpar o lugar das mulheres nativas, colocavam pensamentos impuros na cabeça dos homens e os envergonhavam.

— Acho que ela está bem — respondeu o Rei de City Circle apressadamente e de maneira apologética. — Tom Dixon está encarregado de meus interesses, e ele cuida para que ela tenha tudo o que deseja.

Malemute Kid colocou a mão em seu braço e o empurrou para fora de repente. No céu, a aurora, bela e lasciva, ostentando milagres de cores; e, na terra, a cidade adormecida. Mais abaixo, um cachorro solitário uivava.

O rei voltou a falar, mas Kid colocou a mão sobre a dele, pedindo silêncio. Os uivos se multiplicavam. Um cão após o outro, a sinfonia entrava em cadência, até que o forte coro fazia vibrar a atmosfera da noite.

Para aquele que ouve pela primeira vez essa canção estranha, é contado o primeiro e maior segredo das Terras do Norte; para quem já a ouviu muitas vezes, sabe que é o sinal solene do esforço perdido. É o lamento de almas torturadas, pois nessa canção está ilustrada a herança do Norte, o sofrimento de incontáveis gerações — a advertência e o réquiem aos vira-latas do mundo.

Cal Galbraith estremeceu ligeiramente conforme a canção desfalecia em soluços trôpegos. Kid leu seus pensamentos com clareza, e deixou-se levar com ele por todos os dias cansativos de fome e moléstia; dias no quais estava também a paciente Madeline, compartilhando de suas dores e perigos, nunca questionando, nunca reclamando. A retina de sua mente projetava uma série de imagens, severas e nítidas, e a mão do passado recuava com dedos pesados sobre seu coração. Foi um momento psicológico. Malemute Kid sentiu-se tentado a colocar sua carta reserva na mesa e ganhar o jogo, mas a lição ainda não era suficiente, e ele se aquietou. No instante seguinte, eles haviam agarrado as mãos um do outro, e os mocassins de contas do rei alvoroçavam a neve com seus passos colina abaixo.

Madeline, em colapso, era outra mulher, comparada à criatura astuta de uma hora antes, cuja risada, tão contagiante, e cuja pele vibrante e olhos cintilantes provocavam lapsos temporários em seus mentores. Fraca e sem forças, ela se sentou na cadeira da mesma maneira que ali fora deixada por Prince e Harrington.

Malemute Kid franziu a testa. Isso nunca daria certo. Quando chegasse a hora de encontrar seu marido, ela deveria agir com imperiosidade inabalável. Era muito necessário que ela fizesse isso como as mulheres brancas, do contrário, a esperada vitória não seria vitória, afinal. Então ele falou com ela, severamente, sem meias palavras, e a iniciou nas fraquezas do sexo masculino, até que ela entendesse que os homens eram verdadeiros simplórios, e por que a palavra de suas mulheres era lei.

Poucos dias antes da noite de Ação de Graças, Malemute Kid fez outra visita para a sra. Eppingwell. Ela remexeu seus adornos femininos e, após uma visita demorada ao departamento de armarinhos da Companhia P.C., voltou com Kid para conhecer Madeline. Depois disso, veio um período como a cabana nunca havia visto antes, e com os cortes, ajustes, alinhavos, costuras e várias outras coisas maravilhosas e desconhecidas, os conspiradores eram frequentemente banidos do local. Nessas ocasiões, a Opera House abria suas portas duplas para todos.

Tantas vezes os homens juntaram suas cabeças, e se entregaram à bebida após brindes estranhos, que aqueles que assistiam de fora podiam sentir o cheiro de riachos desconhecidos cheios de riquezas incalculáveis; e sempre se soube que vários che-cha-quas, e pelo menos um veterano, mantinham suas tralhas empacotadas atrás do bar, prontos para seguir a pista deles a qualquer momento.

A sra. Eppingwell era uma mulher independente; quando entregou Madeline a seus mentores, na noite de Ação de Graças, a índia estava tão transformada, que eles quase tiveram medo dela. Prince a envolveu em um cobertor da baía de Hudson com uma reverência simulada, mais real do que fingida, enquanto Malemute Kid, cujo braço ela havia segurado, achou uma dura prova retomar sua posição de mentor. Harrington, com a lista de mercadorias ainda passando pela cabeça, arrastou-se na retaguarda, e não abriu a boca uma única vez no caminho para a cidade. Quando chegaram à porta dos fundos da Opera House, tiraram o cobertor dos ombros de Madeline e o abriram sobre a neve. Abandonando os mocassins de Prince, ela deslizou os pés dentro dos novos chinelos de cetim. Era o auge do baile de máscaras. Ela hesitou, mas eles abriram a porta e a empurraram para dentro. Em seguida, correram para entrar pela entrada da frente.

III

— Onde está Freda? — os veteranos questionaram, enquanto os che-cha-quas indagavam, com igual energia, quem era Freda. O nome zumbia pelo salão de baile.

Estava na boca de todos. Os "fazem-tudo", trabalhadores diurnos nas minas, mas orgulhosos de seus diplomas, ou subestimavam os imigrantes inexperientes de aparência de abeto e mentiam, com certa eloquência (eles tinham um jeito especial de brincar com a verdade), ou lançavam-lhes selvagens olhares de indignação por causa de sua ignorância. Talvez quarenta reis de Upper e Lower Country estivessem ali, cada um julgando-se o mais próximo de sê-lo, e reafirmando firmemente tal julgamento com a poeira dourada do reino. Um assistente foi enviado ao homem da balança, sobre o qual recaíra o fardo de pesar os sacos, enquanto vários dos apostadores, com as regras do acaso na ponta dos dedos, inventavam relatos atraentes sobre os campos.

Qual delas era Freda? A cada vez, pensava-se que a "Dançarina Grega" tinha sido descoberta, mas cada descoberta trazia pânico ao ringue de apostas e a registros frenéticos de novas apostas. Malemute Kid se interessou pela caça, sua presença foi saudada ruidosamente pelos foliões, que o reconheciam como um grande homem. Kid tinha um bom olho para um truque de passos, um bom ouvido para a cadência de uma voz, e sua escolha particular foi uma criatura maravilhosa que resplandecia como era uma tal de "Aurora Boreal". Mas a dançarina grega era sutil demais, mesmo para seu afiado discernimento. A maioria dos caçadores de ouro parecia ter centrado seu veredicto na "Princesa Russa", que era a mais graciosa da sala e, portanto, não poderia ser outra senão Freda Moloof.

Durante uma contradança, ouviu-se alvoroçadas exclamações de satisfação. Ela fora descoberta. Em bailes anteriores, no momento da dança em que todos dão as mãos, Freda havia mostrado um passo inimitável e um jeito peculiar de executá-lo, assim como a "Princesa Russa" fazia, balançando corpo e membros em um ritmo único. O canto em coro sacudiu as vigas quadradas do telhado, quando, eis! Notou-se que "Aurora Boreal" e outro mascarado, o "Espírito do Polo", executavam o mesmo truque igualmente bem. E quando os dois gêmeos "Cães do Sol" e uma "Rainha do Gelo" seguiram o exemplo, um segundo assistente foi enviado para ajudar o homem na balança.

Bettles saiu da roda em meio à agitação, que caía sobre eles como um furacão de gelo. Suas sobrancelhas arredondadas borravam-se como cataratas enquanto ele girava; o bigode, ainda congelado, parecia cravejado de diamantes e transformava a luz em raios multicoloridos, enquanto os pés velozes escorregavam nos pedaços de gelo que balançavam de seus mocassins e meias alemãs. Uma dança do Norte é um acontecimento bastante informal; os homens dos riachos e trilhas já haviam perdido qualquer meticulosidade que possam ter possuído em algum momento; e apenas nos altos círculos oficiais as convenções eram observadas. Aqui, castas não significavam qualquer coisa. Milionários e indigentes, guias de cães e policiais montados deram as mãos às "damas no centro" e varreram o círculo realizando as cambalhotas mais notáveis. Primitivos em seu prazer, turbulentos e rudes, eles não exibiam nenhuma grosseria, mas sim um cavalheirismo rude, mais genuíno do que a mais polida cortesia.

Em sua busca pela "Dançarina Grega", Cal Galbraith conseguiu entrar no mesmo cenário com a "Princesa Russa", para quem as suspeitas populares se voltavam.

Mas, após tê-la guiado numa dança, ele estava disposto não apenas a apostar seus milhões que ela não era Freda, mas também que ele já havia segurado sua cintura no passado. Não sabia quando ou onde, mas a estranha sensação de familiaridade o dominou tanto que empenhou toda sua atenção para a descoberta da identidade dela. Malemute Kid poderia tê-lo ajudado em vez de ocasionalmente levar a "Princesa" para algumas voltas e falar seriamente com ela em voz baixa. Mas foi Jack Harrington quem prestou a ela a cortesia mais assídua. Ele puxou Cal Galbraith de lado e arriscou palpites desatinados sobre quem ela era, e explicou a ele que iria vencer. Isso irritou o Rei de Circle City, pois o homem não é monogâmico por natureza, e ele se esquecera de Madeline e Freda nessa nova busca.

Logo se espalhou o boato de que a "Princesa Russa" não era Freda Moloof. O interesse se aprofundou. Eis um novo enigma. Eles conheciam Freda, embora não pudessem encontrá-la, mas ali estava alguém que haviam encontrado e não conheciam. Mesmo as mulheres não conseguiam identificá-la, ainda que conhecessem todas as boas dançarinas do acampamento. Muitos a tomaram como membro da camarilha oficial, divertindo-se com tal escapada. Não foram poucos os que acreditavam que ela desapareceria antes de ser desmascarada. Outros tinham a mesma certeza de que ela era a repórter do *Kansas City Star*, que chegava para escrever sobre eles a 90 dólares por coluna. E os homens na balança trabalhavam ativamente.

A certa altura, todos os casais foram para a pista. O ritual de retirada das máscaras começou em meio a risos e deleite, como verdadeiras crianças despreocupadas. Eram sucessivos coros de "oh!" e "ah!" à medida que máscara após máscara era levantada. A resplandecente "Aurora Boreal" tornou-se a negra forte, cuja renda com a lavagem das roupas da comunidade chegava a cerca de 500 dólares por mês. Os gêmeos "Cães do Sol" revelaram bigodes sobre os lábios superiores e foram reconhecidos como os irmãos Fraction-Kings de El Dorado. Em um dos grupos mais proeminentes, e o mais lento nas revelações, estava Cal Galbraith com o "Espírito do Polo". Em frente a ele estava Jack Harrington e a "Princesa Russa". Todos os outros haviam sido descobertos, mas nenhum sinal da "Dançarina Grega". Todos os olhos estavam voltados para o grupo. Cal Galbraith, em resposta aos gritos deles, levantou a máscara de sua parceira. O rosto maravilhoso e os olhos cintilantes de Freda lançavam uma luz sobre eles. Fez-se um estrondo, que logo se aquietou diante do novo e intrigante mistério da "Princesa Russa". Seu rosto ainda estava escondido e Jack Harrington lutava com ela. Os dançarinos riram enquanto a expectativa os colocava na ponta dos pés. Ele esmagou sua fantasia delicada com força, e então... e então, os foliões explodiram. Eram motivo de piada! Haviam dançado a noite toda com uma nativa.

Mas aqueles que sabiam, e eram muitos, cessaram abruptamente, e a sala mergulhou em silêncio.

Cal Galbraith caminhou a longos passos, furioso, e falou com Madeline no dialeto Chinook. Mas ela manteve a compostura, aparentemente alheia ao fato de que era o centro das atenções de todos os olhos, e respondeu em inglês. Ela não demonstrou temor nem raiva, e Malemute Kid divertiu-se com sua tranquilidade de espírito. O rei sentiu-se perplexo, derrotado; sua esposa, uma Siwash comum, o havia superado.

— Venha! — ele disse finalmente. — Venha para casa.

— Sinto — respondeu ela. — Vou jantar com o sr. Harrington. Além disso, não há fim previsto para as danças.

Harrington estendeu o braço para levá-la embora. Não demonstrou a mínima relutância em mostrar as costas, e, naquele momento, Malemute Kid já havia se aproximado. O Rei de Circle City ficou pasmo. Duas vezes sua mão caiu para o cinto, e duas vezes Kid se preparou para avançar; mas o casal em retirada passou pela porta da sala de jantar, onde ostras enlatadas eram servidas a 5 dólares o prato.

A multidão suspirava alto, e os casais iam se reaproximando para segui-los. Freda, enfim, entrou com Cal Galbraith; mas ela tinha um bom coração e uma língua ferina, e tirou-lhe o apetite pelas suas ostras. Ninguém sabe o que ela disse para ele, mas o rosto do homem ficava ora vermelho, ora empalidecido, e ele praguejava para si mesmo.

A sala de jantar ecoava com um pandemônio de vozes, que cessou repentinamente quando Cal Galbraith se aproximou da mesa de sua esposa. Desde o desmascaramento, consideráveis quantias de ouro foram colocadas para determinar o resultado. Rostos curiosos assistiam, sem fôlego.

Os olhos azuis de Harrington estavam calmos, mas, sob a toalha de mesa pendurada, uma Smith & Wesson se equilibrava em seu joelho. Madeline ergueu os olhos, casualmente, quase desinteressada.

— Você... você me acompanha na próxima dança? — o rei gaguejou.

A esposa do rei olhou para o seu cartão de dança e inclinou a cabeça.

UMA ODISSEIA DO NORTE

Os trenós cantavam seu lamento eterno com o ranger dos arreios e o tilintar dos sinos dos cães líderes. Mas homens e animais, exaustos de cansaço, calaram-se. Uma recente camada de neve dificultara a caminhada na pista. Eles já estavam muito longe do ponto de partida. Os cães, arrastando uma carga excessiva de ancas de alce congeladas, duras como pederneira, avançavam rentes à superfície macia da neve, com uma teimosia quase humana.

A noite caía, mas não havia acampamento onde parar naquela noite. A neve caía suavemente pelo ar parado, não em flocos, mas em minúsculos cristais de gelo de desenho delicado. Estava quente, apenas 23 graus abaixo de zero, e os homens não sentiam frio. Meyers e Bettles levantaram os protetores de orelhas de suas máscaras de esqui e Malemute Kid até tirou as luvas.

Os cães, embora estafados nas primeiras horas da tarde, começavam a dar sinais de novo vigor. Entre os mais espertos havia um certo mal-estar, ficaram impacientes com as limitações impostas à marcha pelo arreio; seus movimentos eram rápidos, mas indecisos; eles fungavam nervosamente e erguiam as orelhas. Esses cães se enfureciam com seus irmãos mais fleumáticos e os estimulavam com mordidas contínuas e traiçoeiras nos quartos traseiros. Aqueles assim repreendidos, contagiavam-se e faziam o mesmo aos da frente. De repente, o líder do primeiro trenó soltou um ganido agudo de satisfação e, agachando-se ainda mais próximo à neve, descarregou todo o peso do corpo contra a coleira. Todos os outros cães fizeram o mesmo, o arreio se apertou e os trenós saltaram para frente.

Os homens agarraram-se às varas, acelerando violentamente a marcha para não serem atropelados pelos corredores que vinham logo atrás. O cansaço do dia os deixou e eles começaram a gritar animadamente para os cães, que respondiam com latidos alegres. Eles avançavam através da escuridão crescente, num galope barulhento.

— Arre, arre! — os homens gritaram, um de cada vez, quando seus trenós saíam repentinamente da trilha principal, inclinando-se sob a tração de uma única fileira de cães, como veleiros apanhados pelo vento lateralmente.

Avançaram em uma corrida de cem metros até uma janela iluminada, coberta por um pergaminho, que indicava a presença de uma cabana aconchegante, com seu fogão Yukon aceso e bules fumegantes de chá. Mas o almejado refúgio estava ocupado. Sessenta huskies de corpo peludo encheram o espaço com seus rosnados suspeitos e se jogaram sobre os cães que puxavam o primeiro trenó. A porta da cabana foi escancarada e um homem, vestido com os trajes escarlates da Polícia do Noroeste, entrou naquela massa de cães enfurecidos que chegava até os joelhos e, manejando com a maior justiça o cabo de um chicote especial para esse tipo de animal, reestabeleceu a calma. Então, os homens trocaram apertos de mãos. Assim, Malemute Kid foi recebido em sua cabana por um estranho.

Stanley Prince era quem realmente deveria tê-lo recebido, mas ele estava muito ocupado, pois era o encarregado do fogão Yukon, das chaleiras e de seus convidados. Havia cerca de uma dúzia deles; compunham a maioria um grupo heterogêneo que sempre servia à Rainha na aplicação de suas leis ou na entrega de suas correspondências. Esses homens eram das mais diversas origens, mas a vida que levavam lhes conferia um selo comum característico: eram todos homens magros e fortes, com as pernas endurecidas pela trilha, rostos bronzeados pelo sol e almas imperturbáveis, que se manifestavam em olhares francos, nobres e enérgicos.

Eles conduziam os cães da Rainha, inspiravam medo nos inimigos de Sua Majestade, comiam o que a soberana lhes designava, que não era muito, e se sentiam felizes e contentes. Eles tinham visto a vida, realizado grandes proezas e vivido romances; mas não sabiam disso.

E eles estavam em casa. Dois deles, deitados no beliche de Malemute Kid, cantavam canções que seus ancestrais franceses já cantavam nos dias em que entraram pela primeira vez nas Terras do Noroeste e se juntaram às índias. O beliche de Bettles havia sofrido uma invasão semelhante: três ou quatro voyageurs corpulentos enfiaram os pés nos cobertores e estavam ouvindo a história de outro que servira na brigada flutuante de Wolseley, quando ele chegou a Cartum.

E quando se cansou, um vaqueiro tomou a palavra e começou a falar sobre as cortes, reis, senhores e damas que tinha visto quando acompanhou Buffalo Bill em sua jornada pelas capitais da Europa. Em um canto, dois mestiços, ex-companheiros de armas de uma companhia que fracassara, remendavam arreios e falavam dos dias em que o noroeste fervilhava com a insurreição e Louis Riel era o rei.

Havia piadas grosseiras e até piadas mais ásperas, e as aventuras mais extraordinárias e arriscadas que se passavam na trilha e no rio eram referidas com a maior naturalidade, como se só merecessem serem lembradas em virtude de algum tom de humor ou de ridículo detalhe. Prince foi levado por esses heróis pouco reconhecidos, que viram a história ser feita, que consideravam o grande e o romântico apenas como o comum e o incidental na rotina da vida. Ele passou seu precioso fumo entre eles com pródiga despreocupação, e as cadeias mofadas de memórias foram afrouxadas e, para sua alegria, odisseias esquecidas foram relembradas.

A conversa finalmente morreu. Os viajantes encheram os últimos cachimbos, desamarraram as peles bem enroladas e adormeceram. Então, Prince voltou-se para seu camarada para pedir mais notícias.

— Bem, você sabe o que o vaqueiro é — respondeu Malemute Kid, começando a desamarrar os mocassins —, e não é difícil adivinhar o sangue britânico correndo nas veias de seu parceiro de cama. De resto, são todos filhos dos *coureurs du bois*, misturados a Deus sabe quantos outros sangues. Os dois que agora entram são mestiços comuns, *bois-brûlés*. Aquele rapaz de lenço na calça (repare nas sobrancelhas e no queixo caído) lembra um escocês chorando na tenda esfumada de sua mãe.

— E aquele sujeito bonito, que está colocando sua capa como travesseiro, é um mestiço francês, como você deve ter notado ao ouvi-lo falar. Ele não gosta dos dois índios que estão prestes a se deitar ao seu lado. Você sabe que quando os mestiços se ergueram sob a liderança de Riel, os puros-sangues mantiveram-se pacíficos; desde aquele dia, não houve grandes demonstrações de amor entre as duas comunidades.

— Mas diga-me, quem é aquele sujeito de aparência fúnebre perto do fogão? Ele não deve saber inglês, não abriu a boca a noite toda.

— Você está errado. Ele fala inglês muito bem. Você não viu os olhos dele durante a conversa? Eu vi. Mas ele não tem parentesco ou amizade com outras pessoas. Quando eles falavam o próprio dialeto, ele não entendia uma palavra. Eu estive me perguntando o que ele seria. Vamos descobrir.

— Atire alguns gravetos no fogão! — Malemute Kid comandou, levantando a voz e olhando diretamente para o estranho.

Ele obedeceu rapidamente.

— A disciplina fora-lhe forçada em algum lugar — comentou Prince em voz baixa.

Malemute Kid acenou com a cabeça e, depois de tirar as meias, dirigiu-se ao fogão, caminhando entre os homens esparramados. Quando estava perto do fogo, pendurou seus calçados úmidos entre uma dezena de meias deixadas para secar.

— Quando espera chegar em Dawson? — ele perguntou ao

estranho.

    O homem o estudou por um momento antes de responder.

    — Dizem que fica a cerca de cento e vinte quilômetros. Talvez dois dias.

    O mais leve sotaque era perceptível, embora ele não mostrasse nenhuma hesitação, nem tateasse por palavras.

    — Já esteve nesta região antes?

    — Não.

    — E no noroeste?

    — Sim.

    — Nasceu lá?

    — Não.

    — Então, onde, diabos? Você não é como eles. — Malemute Kid apontou para os guias de cães, incluindo os dois policiais que se deitaram no beliche de Prince. — De onde é? Já vi rostos como o seu mais de uma vez, embora não me lembre onde ou quando.

    — Eu conheço você — ele respondeu com indiferença, ao mesmo tempo mudando o rumo das perguntas de Malemute Kid.

    — De onde? Já nos vimos antes?

    — Eu e você, não. Seu parceiro, o padre, em Pastilik, há muito tempo. Ele me perguntou se eu te vi, Malemute Kid. Ele me *dar* comida. Eu não paro muito lá. Você o ouve falar *"sobre mim"*?

    — Ah! Você é o sujeito que trocou as peles de lontra pelos cachorros? O homem acenou com a cabeça, bateu no cachimbo para esvaziá-lo e embrulhou-se nas peles, mostrando sua indisposição para a conversa. Malemute Kid apagou a lamparina de sebo e se arrastou para baixo dos cobertores com Prince.

    — Me diga, quem é aquele homem?

    — Não sei. Ele se esquivou de minhas perguntas e depois calou a boca como uma ostra. Mas é certamente um daqueles sujeitos que desperta curiosidade. Já ouvi falar nele. Seu nome corria por toda a costa oito anos atrás. Meio misterioso, sabe. Ele desceu do Norte no auge do inverno, a muitos milhares de quilômetros daqui, seguindo a costa do Mar de Bering e viajando como se o diabo estivesse atrás dele. Ninguém nunca soube de onde ele veio, mas certamente de muito longe, pois estava em péssimo estado com as dificuldades sofridas durante a viagem, quando o missionário sueco da baía de Golovin o alimentou e apontou o caminho para o Sul. Ouvimos sobre tudo isso depois. Em seguida, ele deixou a costa e foi para Norton Sound. E dá-lhe tempestades de neve e ventos fortes. Mas ele conseguiu sair daquele lugar vivo, onde muitos homens teriam morrido. Perdeu a trilha para St. Michaels e chegou a Pastilik; havia perdido quase tudo e estava próximo à morte por inanição.

— Mas ele ainda tinha dois cachorros e ansiava por seguir em frente. O padre Roubeau deu-lhe comida, mas não pôde emprestar-lhe um cão, pois estava apenas esperando minha chegada, para ele mesmo fazer uma viagem. O sr. Ulisses sabia como seria continuar sem os cachorros, e lá permaneceu por vários dias. Em seu trenó, ele carregava uma boa pilha de peles de lontra lindamente curtidas — a pele das lontras marinhas, você sabe, o peso vale em ouro. Em Pastilik havia um comerciante russo, um Shylock,[5] que tinha muitos cães. No encontro com ele, o estranho não perdeu muito tempo pechinchando e, quando voltou para o Sul, estava na retaguarda de uma baita equipe de cães. E o Shylock, por sinal, se apropriou das peles de lontra. Eu vi aquelas peles; eram magníficas. Fiz um cálculo e cheguei à conclusão de que os cães renderam ao nosso homem pelo menos 500 dólares por peça. No entanto, tudo parecia indicar que o estranho sabia exatamente quanto valiam as peles de lontra. Claro, ele era um índio, e o pouco que falava mostrava que estivera entre os brancos.

— Quando o mar derreteu, chegaram notícias da ilha Nunivak de que nosso estranho tinha aparecido por lá em busca de comida. Então ele sumiu de vista, e esta é a primeira vez que se ouve falar dele em oito anos. E eu me pergunto: de onde ele

---

5 Personagem agiota de *O mercador de Veneza*, de William Shakespeare.

é? O que ele estava fazendo lá? O que o levou a ir embora? Ele é um índio, ninguém sabe onde ele esteve e ele tem disciplina, o que é incomum para um índio. Outro mistério do Norte para você esclarecer, Prince.

— Muitíssimo obrigado, mas, no momento, tenho problemas suficientes — Prince respondeu. Malemute Kid já respirava profundamente em seu sono; mas o jovem engenheiro de minas, deitado, fitava diretamente a densa escuridão, esperando a estranha excitação que agitava seu sangue desaparecer. E quando adormeceu, seu cérebro continuou trabalhando; ele vagava pela extensão branca desconhecida, caminhando com os cães ao longo de trilhas intermináveis e vendo como os homens viviam, lutavam e morriam como homens.

Na manhã seguinte, algumas horas antes do amanhecer, os guias de cães e policiais voltaram à jornada em direção a Dawson. Mas as autoridades que zelavam pelos interesses de Sua Majestade e governavam os destinos dos mais modestos súditos não deram aos mensageiros pouco descanso, pois uma semana depois eles surgiram no rio Stuart, pesadamente carregados com cartas para Salt Water. No entanto, seus cães foram substituídos por outros mais descansados; mas, cães são sempre cães.

Os homens queriam encontrar um lugar de descanso. Além disso, esse Klondike era uma região nova do Norte, e eles ansiavam por conhecer a Cidade do Ouro, onde o pó amarelo corria como água e os salões de dança ressoavam com folias sem fim. Antes de irem para a cama, secaram as meias e fumaram os cachimbos com o mesmo prazer da viagem anterior, embora um ou dois desses espíritos ousados especulassem sobre a deserção e a possibilidade de cruzar as inexploradas Montanhas Rochosas a leste, e, de lá, pelo vale do Mackenzie, ganhar os antigos terrenos de estamparia no país de Chipewyan.

Outros dois ou três decidiram voltar para suas casas por esse mesmo caminho, uma vez terminado o serviço, e começaram a traçar planos imediatamente, ansiosos para o empreendimento arriscado, da mesma forma que um homem criado na cidade faria com um dia de férias na floresta.

O Homem das Peles de Lontra mostrou sinais de grande desconforto, embora pouco interesse na discussão, e, por fim, chamou Malemute Kid num canto e falou por algum tempo em voz baixa. Prince lançava olhares curiosos na direção deles, e a coisa toda pareceu muito mais misteriosa para ele quando os dois deixaram a cabana depois de colocar as luvas e os gorros. Quando voltaram, Malemute Kid colocou sua balança na mesa, pesou quase dois quilos de ouro e os transferiu para o saco do estranho. Em seguida, o chefe dos guias de cães se juntou a eles e participou de algumas transações.

No dia seguinte, o bando subiu o rio, o Homem das Peles de Lontra reuniu vários quilos de comida e se voltou para o caminho que levava a Dawson.

— Eu não sabia como agradar a ele — disse Malemute Kid em resposta às perguntas de Prince. O infeliz queria ser dispensado do serviço sob qualquer pretexto. Sem dúvida ele tinha algum motivo importante para isso, mas nem mesmo deu a entender qual era. Veja, é como o serviço militar. Ele se alistou por dois anos, e a única maneira de desistir seria pagando. Se desertasse, não poderia ficar aqui, o que era seu maior desejo.

— Ele diz que teve essa ideia quando veio para Dawson. Mas ele não tinha um centavo e não conhecia ninguém lá. Fui a única pessoa com quem trocou algumas palavras. Então, ele conversou sobre o assunto com o vice-governador e tomou providências para o caso de conseguir o dinheiro comigo... emprestado, claro. Disse que me pagaria em um ano e que, se eu quisesse, me colocaria em algo bem vantajoso. Ainda não sabia o que era, mas sabia que valia a pena.

— Ouça! Quando ele me levou para fora, estava prestes a chorar. Implorou e implorou, e se jogou aos meus pés, na neve, e não se levantou até que eu o fizesse. Falava como um louco. Ele me garantiu que teve de lutar por vários anos para conseguir chegar perto, e que não poderia falhar agora. Eu perguntei a ele, "chegar perto de quê?", mas ele não disse.

Ele disse que poderia ser designado para a outra metade da jornada, mas que não chegaria a Dawson em dois anos, e então seria tarde demais. Nunca tinha visto um homem com tantos fardos. E quando eu disse a ele que lhe emprestaria o dinheiro, tive de tirá-lo da neve uma segunda vez. Disse que ele considerasse esse empréstimo de que ele precisava em troca de uma parte de seus lucros. Acha que ele aceitou? Não. Ele jurou que me daria tudo o que encontrasse, me faria mais rico do que o homem mais ganancioso poderia sonhar, e outras promessas semelhantes. Mas, estamos falando de um homem que prefere gastar seu tempo e sua vida a aceitar um empréstimo nas minhas condições; não seria lógico que um homem assim estivesse disposto a entregar sequer metade do que encontrar. Há algo por trás de tudo isso, Prince, anote isso. Ouviremos falar dele se permanecer no país...

— E se ele não ficar?

— Então, vou me arrepender de minha generosidade e perder um quilo e setecentos de ouro.

Com as longas noites, o frio voltou. O sol retomou seu velho jogo de espiar o horizonte nevado ao sul, onde ninguém tinha ouvido falar da proposta de Malemute Kid.

Em uma manhã desoladora, no início de janeiro, uma caravana de trenós supercarregados parou do lado de fora da cabana situada abaixo das margens do rio Stuart. O Homem das Peles de Lontra estava lá, e com ele caminhava um homem do tipo que os deuses já se esqueceram de como fazer: Axel Gunderson. O povo do Norte nunca contava histórias de golpes de sorte, duras penas ou lucrativas empreitadas sem mencionar esse nome; nem poderiam contos de coragem, força ou ousadia cruzarem a fogueira sem a convocação de sua presença. E se a conversa minguasse, bastava citar a mulher que compartilhava sua fortuna, para deleite dos presentes.

Axel Gunderson foi um daqueles homens que nasceram quando o mundo era jovem. Ele tinha mais de dois metros de altura e estava vestido de forma tão pitoresca que poderia ser confundido com um rei do Eldorado. Seu peito, pescoço e membros eram de um gigante. Tendo de suportar 135 quilos de ossos e músculos, suas raquetes ultrapassavam em um metro as dos outros homens. Seu rosto de feições ásperas, testa forte, mandíbulas poderosas, olhos azuis-claros e penetrantes revelavam que ele era um homem que não conhecia outra lei senão a da força. Seus cabelos, sedosos e amarelos como o trigo maduro, incrustados de geadas, cruzavam a testa dando a impressão de que o dia passava pela noite e caíam sobre toda sua jaqueta de pele de urso.

Uma espécie de halo de navegante parecia envolvê-lo enquanto ele descia a trilha estreita na frente dos cães, e quando ele bateu na porta da cabana de Malemute Kid com o cabo de seu chicote, deu a impressão de ser um viking batendo ruidosamente na porta de um castelo para pedir alojamento durante uma de suas incursões pelo Sul.

Prince arregaçou as mangas, expondo seus braços femininos, e começou a sovar pão de massa azeda, e, ao fazê-lo, lançava muitos olhares para os convidados: três viajantes que poderiam não estar sob aquele teto nunca mais em suas vidas. O Estranho, que Malemute Kid apelidou de Ulisses, ainda o fascinava, mas o interesse de Prince estava voltado para Axel Gunderson e sua esposa. Embora ela houvesse descansado em cabines confortáveis desde que seu marido assumira as riquezas oferecidas por aquelas estradas geladas, naquele momento, sentia o cansaço do dia. Ela descansou a cabeça no peito largo de Axel, como uma flor descansando em uma parede, e preguiçosamente respondeu às brincadeiras bem-humoradas de Malemute Kid, enquanto fazia o sangue de Prince ferver com os ocasionais olhares penetrantes de seus olhos escuros. Prince era um homem saudável e vigoroso que tinha visto poucas mulheres em muitos meses. Ela era mais velha que ele e, além disso, índia; mas ela era diferente de todas as mulheres indígenas que ele conheceu. Essa mulher havia viajado, esteve em todo seu país, entre outros, como se deduziu de sua conversa. E ela sabia a maioria das coisas que as mulheres de sua raça etnia sabiam, e muito mais que não era da natureza das coisas que elas soubessem. Sabia preparar uma refeição de peixe seco ao sol e fazer uma cama na neve. Ela deu os detalhes de como servir um banquete de inúmeros pratos, e provocava pequenas discussões contando-lhes sobre receitas culinárias antigas que eles quase haviam esquecido. Conhecia os costumes do alce, do urso e da pequena raposa azul, bem como da vida dos anfíbios selvagens que habitavam os mares do Norte. Ela havia dominado a ciência da navegação em riachos, e os rastros deixados por homens, pássaros e animais terrestres na superfície branca da neve eram para ela como as páginas de um livro aberto. Prince a viu piscar em compreensão quando lia as regras do acampamento. Tais regras foram criadas pelo insaciável Bettles em uma época em que seu sangue ainda fervia, e eram notáveis pela simplicidade e bom humor.

Prince sempre os colocava contra a parede antes da chegada das damas; mas quem poderia imaginar que aquela visitante indígena... Enfim, não havia remédio para o mal.

Essa, então, era a esposa de Axel Gunderson, a mulher cuja fama rivalizava com a de seu marido e se espalhou, como a dele, por todo o Norte. Quando se sentaram à mesa, Malemute Kid brincou com ela com a confiança de um antigo amigo, e Prince superou a timidez do primeiro encontro e se juntou às brincadeiras. Mas ela se manteve firme na disputa desigual, enquanto o marido, mais lento de compreensão, apenas ousava aplaudi-la. Como ele estava orgulhoso dela! Cada olhar e ação dele revelavam a magnitude do lugar que ela ocupava em sua vida. O Homem da Pele de Lontra comia em silêncio, esquecido pelos protagonistas do alegre concurso, e muito antes que os outros terminassem, afastou-se da mesa e saiu entre os cães. Mas, não demorou até que seus companheiros de viagem vestissem as luvas e as jaquetas de couro com capuz e o seguissem.

Não nevava havia muitos dias, e os trenós deslizavam pela trilha endurecida de Yukon tão facilmente como se corressem no gelo escorregadio. Ulisses dirigiu o primeiro trenó, no segundo estavam Prince e a esposa de Axel Gunderson, e Malemute Kid e o gigante louro levavam o terceiro.

— É apenas um palpite, Kid — disse Axel —, mas acho que está certo. Ele nunca esteve lá, mas seu relato é atraente e mostra um mapa do qual eu já tinha ouvido falar anos atrás, quando estive na região de Kootenay. Eu gostaria que você viesse, mas ele é um homem estranho e jurou à queima-roupa que largaria tudo se outra pessoa viesse. Mas, quando eu voltar, você será minha escolha antes de qualquer outra pessoa. Você será meu braço direito. Além disso, você pode contar com metade das terras da cidade... Não, não! — ele exclamou, quando o outro tentou interrompê-lo. — Estou cuidando disso e, antes de terminar, vou precisar de duas cabeças.

— Se tudo correr bem, aquele lugar será um segundo Cripple Creek. Está ouvindo? Um segundo Cripple Creek! Falo de quartzo, não de um aluvião qualquer, e se o explorarmos direito nos tornaremos mestres; milhões e milhões. Eu já tinha ouvido falar daquele lugar, e você também. Vamos construir uma cidade... milhares de trabalhadores... boas comunicações fluviais... linhas de vapor... grandes empresas de transporte... vapores de baixo calado para chegar às nascentes do rio... talvez uma ferrovia... e teremos serrarias, uma central elétrica, um banco próprio, uma empresa comercial, um sindicato... O que acha disso, hein? Mas fique quieto até eu voltar.

Os trenós pararam onde a trilha cruzava a foz do rio Stuart. Um mar ininterrupto de geada, sua vasta dimensão se estendia para o leste desconhecido.

Eles desamarraram os sapatos de neve que carregavam nos trenós. Axel Gunderson apertou a mão dos demais e assumiu a liderança. Seus grandes sapatos de neve afundaram meio metro na superfície de algodão, que ele socou até ficar compacta para que os cachorros não chafurdassem. Sua esposa ficou atrás do último trenó, revelando uma longa prática no uso de pesadas botas de neve. O silêncio foi rasgado por alegres gritos de despedida; os cães choramingavam, e o Homem das Peles de Lontra estalou o chicote para estimular um cão recalcitrante.

Uma hora depois, o comboio parecia um lápis preto desenhando uma longa linha reta em uma enorme folha de papel.

II

Certa noite, muitas semanas depois, Malemute Kid e Prince estavam resolvendo problemas de xadrez na página rasgada de uma antiga revista. Kid tinha acabado de voltar de suas propriedades em Bonanza e estava descansando em preparação para uma longa caça aos alces. Prince havia passado a maior parte do inverno seguindo riachos e trilhas, e ansiava pela paz e tranquilidade de uma semana na cabana.

— Coloque o cavalo preto e encurrale o rei. Não, não vai funcionar. Vamos ver essa outra peça.

— Por que você avança o peão duas casas? Vai acabar perdendo-o, e com o bispo fora do caminho...

— Espere! Isso vai deixar um buraco aqui, e...

— Não, este lado está protegido. Vá em frente! Você vai ver como funciona.

Era uma cena interessante. Mas, antes que batessem na porta já pela terceira vez, Malemute Kid disse: "Entre!". A porta se abriu. Algo cambaleou para dentro.

Prince olhou para o recém-chegado e ficou de pé. O horror em seu olhar fez com que Malemute Kid se virasse bruscamente. Kid também se assustou, embora estivesse acostumado a ver coisas desagradáveis. Esse ser se aproximou deles sem vê-los, num passo hesitante. Prince se afastou e foi para o prego em que sua Smith & Wesson pendia.

— Santo Deus! O que é isso? — ele perguntou a Malemute Kid em voz baixa.

— Não sei. Parece um caso de queimadura de frio e fome — disse Kid, virando-se para o lado oposto. — Cuidado! Pode estar em desvario — avisou ele, voltando depois de fechar a porta.

A coisa avançou em direção à mesa. Seus olhos inchados captaram a chama alegre da lamparina de sebo. Isso pareceu diverti-lo e ele soltou uma espécie de cacarejo que queria expressar alegria.

Então, de repente, aquele homem (de fato era um homem)

recostou-se e, com um puxão nas calças de couro, começou a cantarolar uma melodia semelhante àquela cantada pelos marinheiros que giravam o guincho enquanto o mar ruge em seus ouvidos:

O barco do ianque desce o rio. Puxem, meus rapazes, puxem! Você não quer saber quem é o seu capitão? É Jonathan-Jones, da Carolina do Sul. Puxem, meus rapazes!

Ele parou abruptamente, cambaleou, rosnando como um lobo, até o armário onde estava a carne e, antes que Kid e Prince pudessem evitar, pegou um presunto e começou a devorá-lo, rasgando-o com os dentes. Malemute Kid se lançou sobre ele e os dois começaram a lutar como condenados, mas sua força louca o deixou tão repentinamente quanto havia surgido, e ele entregou o presunto sem oferecer resistência. Kid e Prince o sentaram em um banquinho entre os dois, e o homem se esparramou sobre a mesa.

Uma pequena dose de uísque o fortaleceu, e então foi capaz de mergulhar uma colher na lata de açúcar que Malemute Kid colocou diante dele. Depois que seu apetite foi, de alguma forma, saciado, Prince ofereceu-lhe uma xícara de caldo de carne bem claro.

Os olhos da criatura brilharam com frenesi sombrio, flamejando e desbotando a cada colherada. A maior parte de seu rosto estava esfolado. Seu rosto, encovado e abatido, tinha pouca semelhança com o semblante humano.

Uma geada após a outra o corroeram profundamente, formando uma série de camadas de crostas em cima de outras feridas, ainda não curadas. Aquela máscara de sangue enegrecido, seco e duro, era atravessada por horríveis rachaduras que revelavam a carne viva. Suas vestes de pele estavam sujas e em farrapos, e a pele de um lado estava chamuscada e queimada, mostrando onde ele havia deitado sobre o fogo.

Malemute Kid apontou para onde a pele bronzeada havia sido cortada, tira por tira — a marca sombria da fome.

— Quem é você? — Kid perguntou em uma voz lenta e clara. O estranho não se abalou.

— De onde você vem?

— O barco do ianque está descendo o rio — respondeu o estranho ser, com a voz embargada.

— Eu sei que este mendigo desceu o rio — disse Kid, sacudindo-o para ver se conseguia fazê-lo falar com mais coerência.

Mas o homem gritou com o contato, batendo a mão ao lado do corpo com evidente dor. Ele se levantou lentamente, meio apoiado na mesa.

— Ela riu de mim... então... Ela me olhou com ódio... E ela não quis... vir...

Sua voz sumiu e ele se afundava de volta no banquinho quando Malemute Kid o pegou pelo pulso e perguntou:

— Quem? Quem não quis vir?

— Ela, Unga. Ele riu e me bateu. E depois...

— O quê?

— E depois...

— E depois o quê?

— E então ela ficou muito tempo imóvel na neve. Ela ainda está... na neve — Kid e Prince se entreolharam desamparados.

— Quem está na neve?

— Ela, Unga, Unga. Ele me olhou com ódio nos olhos, e então...

— Sim, sim...

— Então ela pegou a faca... e me deu um, dois... Estava fraca... Vim bem devagar... E tem muito ouro naquele lugar, muito ouro...

— Onde está Unga?

Malemute Kid pensou que essa mulher poderia estar morrendo a um quilômetro de distância. Ele sacudiu furiosamente o homem, repetindo sem parar:

— Onde está Unga? Quem é Unga?

— É... na... neve.

— Fala! — Kid torcia cruelmente o pulso da criatura.

— Eu... também... estaria... na... neve..., mas... eu... tinha... de... pagar... uma dívida. Foi... pesado... uma... dívida... eu... tinha... de pagar... — os monossílabos vacilantes cessaram quando ele remexeu na bolsa e tirou um saco de pele de gamo.

— Uma... dívida... para... pagar... cinco... libras... de... ouro... empréstimo... Ma... le... mute... Kid...

A cabeça exausta caiu sobre a mesa. Desta vez, Malemute Kid não conseguiu levantá-la novamente.

— É Ulisses — disse baixinho, jogando o saco de ouro em pó na mesa. – Axel Gunderson e a mulher... Vamos, vamos colocá-lo nos cobertores. Ele é índio, vai sobreviver e, ainda vai contar a história por aí.

Quando cortaram suas roupas, notaram duas marcas de facadas não cicatrizadas no seu bíceps direito.

III

— Falarei das coisas que ocorreram a meu modo; mas você vai entender. Vou começar do começo, e falar de mim mesmo e da mulher e, depois disso, do homem.

O Homem das Peles de Lontra aproximou-se do fogão como fazem os homens que foram privados do fogo e temem que o dom de Prometeu possa desaparecer a qualquer momento. Malemute Kid posicionou a lamparina de sebo para iluminar as feições do narrador. Prince deslizou pela beirada do beliche e se juntou a eles.

— Eu sou Naass, chefe e filho do chefe, nascido entre o pôr do sol e o nascer do sol nas margens do mar escuro, na umiak de meu pai. Ao longo da noite os homens manejam avidamente os remos e as mulheres tiram a água que as ondas nos mandam. É assim que lutamos contra a tempestade. A espuma salgada congelou no seio de minha mãe, que exalou seu último suspiro quando a maré baixou. Mas eu..., eu levantei minha voz com o vento e a tempestade e vivi... Nossa morada era em Akatan...

— Onde? — perguntou Malemute Kid.

E o homem seguiu:

Em Akatan, ilha das Aleutas; em Akatan, além de Chignik, além de Kardalak, além de Unimak. Como eu disse, nossa morada era em Akatan, que fica no meio do mar, na beira do mundo. Vasculhamos os mares salgados em busca de peixes, focas e lontras, e nossas casas eram apoiadas umas nas outras na faixa rochosa entre a orla da floresta e a praia amarela onde ficavam nossos caiaques. Não éramos muitos e nosso mundo era muito pequeno. A leste havia terras estranhas — ilhas como Akatan —, então pensávamos que o mundo inteiro eram ilhas, e não queríamos saber de mais nada.

Eu era diferente do meu povo. Nas areias da praia dava para ver as madeiras e tábuas deformadas pelas ondas de um barco diferente dos que meu povo construía, lembro-me que na ponta da ilha, que tinha três lados em contato com o oceano, havia um pinheiro que não poderia ter crescido ali; era alto e tinha um tronco liso e reto. Diziam que dois homens chegaram àquele local, passaram ali muitos dias, observando a passagem da luz. Esses dois homens haviam chegado no barco que estava despedaçado na praia. Eles eram brancos como vocês e tão fracos quanto filhotes de focas quando suas mães estão longe e os caçadores se aproximam de mãos vazias. Sei essas coisas de homens e mulheres idosos, que as ouviram de seus pais e mães. Aqueles estranhos homens brancos não se adaptaram aos nossos costumes no início, mas o peixe e o óleo deram-lhes vigor e ferocidade com o passar do tempo. E cada um deles construiu uma casa. Depois, escolheram as melhores de nossas mulheres e, com o passar do tempo, tiveram filhos. Assim nasceu aquele que seria o pai do pai de meu pai.

Como já disse, eu era diferente do meu povo, porque nas minhas veias corria o sangue forte e estranho de um daqueles brancos que vieram pelo mar. Diz-se que tínhamos outras leis nos dias anteriores a esses homens; mas eles eram ferozes e briguentos e lutaram com nosso povo até que não houvesse mais ninguém que ousasse enfrentá-los. Então eles se tornaram chefes, descartaram nossas velhas leis e nos deram novas. Daí em diante, a criança era filha do pai, e não da mãe, como sempre foi entre nós. Eles também determinaram que o filho, o primogênito, deveria ter todas as coisas que pertenciam a seu pai antes dele, e que os irmãos e irmãs os fizessem como era possível. E nos deram outras leis para seguir. Eles nos mostraram novas maneiras de pegar peixes e matar os muitos ursos das nossas florestas; e eles nos ensinaram a reservar estoques maiores para o tempo de fome. E essas coisas eram boas.

Mas quando eles se tornaram chefes e não tinham ninguém para descarregar sua raiva, aqueles estranhos homens brancos lutavam entre si. E aquele cujo sangue corre em minhas veias enfiou sua lança de foca no corpo do outro com o comprimento de um braço. Seus filhos começaram a lutar, e os filhos de seus filhos; e havia grande ódio entre eles, e atos perversos, até mesmo para o meu tempo, de modo que em cada família sobrou apenas um herdeiro para transmitir o sangue dos que o precederam. Apenas eu fiquei com meu sangue; da família do outro homem apenas uma menina, Unga, que morava com a mãe. O pai dele e o meu não voltaram da pesca uma noite; mas então a maré alta os trouxe de volta para a praia.

As pessoas se perguntavam o que causava o ódio entre as duas casas, e os velhos balançavam a cabeça e diziam que a luta continuaria quando Unga tivesse os filhos dela e eu os meus. Disseram-me isso quando eu era criança e, ao ouvir isso, passei a acreditar e a considerar Unga uma inimiga, como a mãe de alguns filhos que lutariam com os meus. Eu pensava nessas coisas todos os dias e, quando já havia me tornado um jovem, perguntava por que as coisas eram assim.

Os velhos me responderam: "Não sabemos, mas foi assim que seus pais agiram". E fiquei admirado que aqueles que estavam por vir travassem as batalhas daqueles que se foram, e nisso eu não via o que era certo. Mas as pessoas diziam que devia ser assim, e eu era apenas um homem jovem.

E diziam também que eu deveria me apressar em ter filhos

para que meu sangue fosse mais velho e forte antes do dela. Isso foi fácil, porque eu era o chefe e meu povo me respeitava pelos atos e leis de meus ancestrais e por minha riqueza. Qualquer mulher jovem teria vindo a mim de boa vontade, mas não encontrei nenhuma do meu agrado. E os velhos e as mães das moças apressavam-me, porque os caçadores já faziam excelentes ofertas à mãe de Unga; e se os filhos dela crescessem e ganhassem força antes dos meus, os meus certamente morreriam.

Finalmente, uma noite, quando voltei da pesca, encontrei a jovem. O sol estava baixo e atingiu meus olhos; o vento soprava livre e os caiaques balançavam com força com as ondas espumantes. De repente, o caiaque de Unga passou pelo meu e ela olhou em minha direção, seu cabelo preto balançando ao vento como uma nuvem escura e a espuma molhando suas bochechas. Como eu disse, o sol batia em meus olhos e eu era muito jovem; mas, de repente, vi tudo com clareza e entendi que esse era o chamado entre dois da mesma natureza.

Ela abria caminho com os remos, e se virou para olhar para mim entre uma braçada e outra. Olhou para mim do jeito que apenas Unga conseguia olhar. E novamente eu escutei o chamado. As pessoas gritaram quando passamos velozes pelos umiaks preguiçosos e os deixamos para trás, bem para trás. Mas ela era rápida no remo, e meu coração, inchado como uma vela, não conseguiu alcançá-la. O vento ficou mais frio, o mar coberto de espuma, e nós, saltando como focas na direção do vento, descemos ruidosamente o caminho dourado do sol.

Naass estava encolhido, quase escorregando do seu banco, na atitude de um homem segurando um remo, sentindo-se novamente na corrida. Do outro lado do fogão, ele pensou ter visto o caiaque de Unga balançando a proa, e seu cabelo solto ao vento. A voz do vento ecoou em seus ouvidos e o cheiro salgado do mar penetrou novamente em seus pulmões.

Mas ela chegou à praia antes de mim e correu pela areia, rindo, em direção à casa da mãe. Naquela noite tive uma grande ideia, uma ideia digna de um chefe de toda a cidade de Akatan. E quando a lua nasceu, fui à casa da mãe de Unga e vi os presentes de Yash-Noosh, empilhados na entrada. Yash-Noosh era um grande caçador que queria ser o pai dos filhos de Unga. Outros jovens haviam empilhado seus presentes lá (eles teriam de levá--los), e cada um havia feito uma pilha maior do que a anterior.

E eu ri para a lua e as estrelas e voltei para minha casa, onde guardei minha riqueza. Tive de viajar muito, mas, no fim, minha pilha ultrapassou a de Yash-Noosh em 30 centímetros de altura. Coloquei ali peixes secos ao sol e bem curados; quarenta peles de foca e vinte das comuns; e cada pele foi amarrada pela boca e cheia de óleo. Acrescentei dez peles de urso caçados por mim na floresta, quando eles apareciam na primavera. Havia também contas coloridas, cobertores e tecidos escarlates, que obtive negociando com povos mais ao leste, que, por sua vez, eram obtidos negociando com outros povos ainda mais ao leste.

E eu olhei para a pilha de Yash-Noosh e ri, pois eu era o chefe em Akatan, e minha riqueza era maior do que a riqueza de todos os outros jovens, e meus ancestrais haviam realizado grandes feitos, haviam legislado, e os lábios de meu povo repetiam eternamente seus nomes.

Quando amanheceu, voltei para a praia, olhando de canto de olho para a casa da mãe de Unga. Minha oferta ainda estava intacta.

E as mulheres sorriam e sussurravam coisas maliciosas umas para as outras. Foi o que pensei, porque tal preço nunca fora oferecido por uma mulher. Naquela noite acrescentei mais à pilha e coloquei ao lado um caiaque de peles bem curtidas que ainda não haviam navegado pelos mares. Mas no dia seguinte a pilha ainda estava lá, exposta ao riso de todos os homens. A mãe de Unga era astuta, e eu fiquei furioso com o papel vergonhoso que eu fazia diante de meu povo. Então, naquela noite, aumentei ainda mais a pilha, que se elevou a uma grande altura, e arrastei meu umiak, no valor de vinte caiaques, até ela. E na manhã seguinte a pilha havia sumido.

Então comecei os preparativos para o casamento, e gente que vivia nas regiões mais distantes do leste veio para a comida da *festa e assistir ao potlach. Unga era mais velha do que eu por quatro trânsitos completos do Sol; o que chamávamos de anos. Eu era apenas muito jovem, mas também era chefe e filho de chefe; minha juventude não importava.*

Mas as velas de um navio apareceram no horizonte, e o sopro do vento tornava-as cada vez maiores. Água limpa jorrava de seus embornais e seus homens trabalhavam duro nas bombas. Acima da proa erguia-se a figura de um homem corpulento, observando a profundidade da água e dando ordens com uma voz retumbante. Seus olhos eram do azul-claro de águas profundas e em sua cabeça tinha a crina de um leão marinho. Seus cabelos eram dourados como o trigo colhido no Sul ou os fios de corda de manilha que os marinheiros trançam.

Nos últimos anos, tínhamos visto navios de longe, mas esse foi o primeiro a chegar à praia de Akatan. A festa foi interrompida e as mulheres e crianças fugiram para as casas, enquanto nós, homens, amarramos os arcos e esperávamos com lanças nas mãos. Mas quando a proa do navio farejou a praia, os estranhos não nos notaram, pois estavam ocupados com o próprio trabalho. Durante a maré baixa, eles calafetaram a escuna e taparam um grande buraco em seu casco. Então as mulheres voltaram sorrateiramente e a festa continuou.

Quando a maré subiu, aqueles aventureiros do mar ancoraram em águas mais profundas, voltando depois para nos visitar e nos dar presentes em demonstração de sua amizade. Ofereci a eles um lugar entre nós e generosamente lhes dei presentes, como todos os meus convidados, porque estava celebrando meu noivado e era o chefe de Akatan. O homem com a crina do leão-marinho também estava lá. Ele era tão alto e forte que se esperava que a terra tremesse sob seus passos. Ele não tirou os olhos de Unga, com os braços cruzados, e ficou até o sol se afastar e as estrelas aparecerem. E então desceu para seu navio. Depois disso, peguei Unga pela mão e a levei para minha casa. E havia canções e risos ali, e as mulheres sussurravam coisas umas para as outras, como sempre fazem nessas ocasiões. Mas não os ouvimos. Depois, todos *eles nos deixaram e foram para casa.*

As últimas vozes não haviam cessado ainda quando o chefe dos aventureiros do mar se aproximou da minha porta. Ele tinha algumas garrafas pretas com ele, e bebemos e nos alegramos. Não se esqueça que eu era apenas um jovem e havia vivido todos os meus dias na extremidade do mundo. Meu sangue pareceu se transformar em fogo e meu coração se tornou tão leve quanto a espuma que o vento sopra das ondas para o penhasco. Unga sentou-se silenciosamente em um canto entre as peles, os olhos arregalados, como se estivesse com medo. E aquele com a crina do leão-marinho ficava olhando para ela. Então seus homens chegaram com fardos de mercadorias e empilharam diante de mim riquezas nunca vistas em Akatan. Havia armas de fogo, grandes e pequenas, pólvora, balas e cartuchos, machados brilhantes, facas de aço, ferramentas engenhosas e outras coisas estranhas que eu nunca tinha visto. Quando ele me mostrou por sinal que era tudo meu, eu, diante de tamanha generosidade, achei que ele era um homem extraordinário; mas então ele me disse que Unga deveria acompanhá-lo até seu navio.

Entendem? Unga teve de ir com ele no barco! O sangue de meus ancestrais de repente explodiu em mim e tentei perfurá-lo com minha lança. Mas o espírito das garrafas tirou a força do meu braço e ele agarrou meu pescoço e bateu minha cabeça contra a parede. Eu me sentia fraco como um recém-nascido. Minhas pernas se recusaram a me segurar.

Unga gritou de desespero e agarrou-se a tudo ao seu redor, derrubando coisas enquanto ele a arrastava para a porta. Então ele a ergueu em seus braços poderosos, e quando ela puxou seu cabelo dourado, ele riu como uma grande foca marinha no cio.

Rastejei até a praia e chamei meu povo, mas eles estavam com medo. Apenas Yash-Noosh provou ser um homem. Mas eles o acertaram na cabeça com um remo, e ele caiu com o rosto na areia e ali ficou imóvel. Em seguida, eles desenrolaram as velas, cantando suas canções, e o navio acelerou, levado pelo vento.

Meu povo disse que isso era o melhor, pois assim não haveria mais guerra de sangue em Akatan; mas eu não disse uma palavra, esperando até a hora da lua cheia, quando coloquei peixe e óleo no meu caiaque e rumei para o leste. Eu vi um grande número de ilhas e de pessoas, e eu, que sempre vivi na periferia do mundo, entendi que esse mundo era muito grande. Consegui me fazer entender por meio de sinais, mas ninguém tinha visto uma escuna ou um homem com crina de leão-marinho, e apontavam sempre para o leste. Dormi em lugares estranhos, comi coisas estranhas, vi rostos diferentes dos que conhecia. Alguns riram de mim porque pensaram que eu era louco; mas às vezes os velhos voltavam meu rosto para a luz e me abençoavam, e os olhos das jovens enchiam-se de amorosidade quando me perguntavam sobre o navio estrangeiro, sobre Unga e sobre os homens do mar.

Assim, em meio a mares agitados e grandes tempestades, cheguei a Unalaska. Havia duas escunas lá, mas nenhuma delas era a que eu procurava. Então eu tive de continuar em direção ao leste, e vi o mundo ficando cada vez mais amplo. Ninguém na Ilha Unamok tinha ouvido falar do navio, nem em Kadiak nem em Atognak. Então, um dia cheguei a uma região rochosa onde os homens cavavam grandes buracos na montanha. Havia uma escuna lá, mas não era a minha, e os homens carregavam nela as pedras que retiraram da montanha. Isso me pareceu infantil, já que todo o mundo é feito de pedra; mas eles me deram comida e trabalho. Quando a escuna afundou na água devido ao excesso de carga, o capitão deu-me dinheiro e disse-me para ir embora, mas perguntei-lhe para onde iria e ele apontou para o Sul. Fiz sinal para que ele me deixasse ir em seu navio e ele primeiro riu, mas depois, como estava com falta de homens, aceitou-me para ajudar no trabalho a bordo. Foi assim que aprendi a falar à maneira daqueles homens, a puxar as cordas e a fazer caracóis nas velas quando surgisse uma tempestade repentina e a ficar de guarda ao leme. No entanto, isso não era estranho para mim, porque o sangue dos meus ancestrais era o sangue dos homens do mar.

Achei que seria uma tarefa fácil encontrar o homem que procurava, uma vez que estava entre os seus, e quando um dia avistamos terra e entramos em um porto, pensei que talvez veria tantas escunas quanto existem dedos em minhas mãos. Acontece que os navios se aglomeravam como peixinhos ao longo das docas, ocupando um espaço de vários quilômetros, e quando me aproximei deles para perguntar sobre um homem que tinha a crina de um leão marinho, os marinheiros riram e me responderam em línguas de muitos povos. Mais tarde, soube que eles vinham dos confins mais distantes da terra.

Fui à cidade para ver o rosto de cada homem. Mas eram como o bacalhau quando se espalhava pelas margens; era impossível contá-los. E o barulho atingiu-me até não poder mais ouvir, e minha cabeça ficou tonta com tanto movimento. Mas eu continuei pelas terras que cantam sob os raios quentes do sol; onde os campos de trigo se estendem opulentos nas planícies; onde em suas grandes cidades cheias os homens vivem como mulheres, com palavras falsas em suas bocas e corações enegrecidos pela luxúria do ouro. Enquanto isso, meu povo em Akatan caçava e pescava, e ficava feliz com o pensamento de que o mundo era pequeno.

Mas o olhar que vi nos olhos de Unga naquela noite, quando ela voltou da pesca, sempre esteve comigo, e eu tinha certeza de que o veria quando chegasse a hora. Ela caminhava pelas ruelas silenciosas, invisíveis no crepúsculo da noite, ou fugia diante de mim pelos campos luxuriantes, úmidos do orvalho da manhã, e havia uma promessa em seus olhos que só a mulher Unga poderia dar.

Desta forma, viajei por mil cidades. Em algumas eles foram gentis comigo e me deram comida, em outras eles riram de mim, e em outras, praguejaram; mas eu mantive minha língua entre meus dentes, e segui caminhos estranhos e vi coisas estranhas. Às vezes eu, que era chefe e filho de chefe, trabalhava para outros homens; homens que falavam asperamente e eram duros como ferro, homens que espremiam ouro do suor e do sofrimento de seus semelhantes. No entanto, nada sabia sobre aquele que procurava até regressar ao mar, como uma foca regressando para as colônias.

Mas em outro porto, em outro país localizado ao Norte, ouvi histórias vagas sobre o aventureiro de cabelos amarelos que viajava pelos mares, e descobri que ele era um caçador de focas, e que naquele momento ele estava no oceano.

Então eu embarquei em uma escuna de focas com os preguiçosos Siwashes e segui a trilha invisível para o Norte, onde a referida caçada estava a todo vapor. A expedição durou meses afora, que foram árduos e cansativos, e conversei com homens da frota, que me contaram as inúmeras façanhas do homem que eu procurava. Mas não nos aproximamos dele durante nossa viagem de caça. Seguimos mais para o norte, chegamos às Pribilofs e matamos focas em rebanhos na praia. Os corpos ainda estavam quentes a bordo, e chegou um momento em que nossos embornais jorravam gordura e sangue e nenhum homem conseguia ficar no convés. Então, um navio a vapor lento nos perseguiu, e disparou contra nós com grandes canhões. Mas nós velejamos até que o mar cobrisse nosso convés e o lavamos, e nos perdemos em uma névoa.

Dizem que, naquela época, enquanto fugíamos com medo em nossos corações, o marinheiro de cabelos amarelos se instalou nas Pribilofs, desembarcou na fábrica e, enquanto parte de seus homens mantinham os funcionários da empresa sob controle, os demais carregavam dez mil peles das casas de cura. Eu digo o que dizem, pois acredito, pois nas viagens que fiz pelos mares do Norte sem o encontrar, nunca deixei de ouvir falar de suas façanhas e sua ousadia, até que as três nações que têm terras nessas latitudes o procuraram com seus navios.

Também ouvi falar de Unga. Os capitães proferiam elogios a ela abertamente, e ela estava sempre com ele. Disseram-me que ela aprendera os costumes do povo dele, e que era feliz. Mas eu sabia que isso não era verdade, sabia que seu coração batia por seu povo na praia amarela de Akatan.

Assim, depois de muito tempo, voltei ao porto que fica ao lado de um desfiladeiro que dá para o mar, e lá eu soube que ele tinha atravessado a circunferência do grande oceano para caçar focas a leste da terra quente, que corre para o sul dos mares russos.

E eu, que era navegador, embarquei com homens de sua raça, e fui atrás dele nas caças. E havia poucos navios naquela nova terra, e ficamos lado a lado com o cardume de focas durante sua jornada para o Norte por toda a primavera daquele ano. E, quando as fêmeas iam dar à luz e cruzaram a linha das águas russas, nossos homens deram sinais de medo; o nevoeiro era muito denso e todos os dias homens se perdiam nos barcos. Eles se recusaram a trabalhar, e o capitão teve de voltar. Mas eu sabia que o marinheiro de cabelos amarelos não conhecia o medo e não deixaria o cardume mesmo que tivesse de ir para as ilhas russas, pouquíssimo visitadas por homens. E certa noite, quando a escuridão era mais densa e o vigia cochilava no castelo de proa, lancei um barco na água e rumei sozinho para as terras quentes. Viajei para o Sul para encontrar os homens da baía de Yeddo, que são selvagens e destemidos. As jovens de Yoshiwara eram pequenas, brilhantes como aço e bonitas de se olhar; mas não pude parar, porque sabia que, naquele momento, Unga balançava a bordo de um barco nas proximidades das colônias de focas setentrionais.

Os homens da baía de Yeddo tinham vindo dos confins da terra; eles não tinham deuses, nem país, e se alistaram sob a bandeira dos japoneses. Fui com eles às ricas praias da ilha do Cobre, onde empilhamos pele sobre pele em nossos compartimentos de salga.

E, naquele mar silencioso, não vimos viva alma até estarmos prestes a partir. Por fim, um vendaval dissipou o nevoeiro, e não demorou muito para sermos abordados por uma escuna em cuja esteira se erguiam os funis fumegantes de um encouraçado russo. Fugimos na força do vento com a escuna ainda mais perto e mergulhando quase na nossa borda. E na popa da escuna estava o homem com crina de leão-marinho, mandando içar todas as velas e rindo com todo seu vigor. E Unga estava lá, eu a reconheci imediatamente, mas ele a mandou descer quando os canhões começaram a falar através do mar.

A escuna estava imperceptivelmente ganhando terreno, e por fim vimos seu leme verde erguer-se diante de nós cada vez que ela levantava a popa. Eu girava o mastro e praguejava, de costas para a artilharia russa. Sabíamos que ele pretendia correr na nossa frente, a fim de escapar enquanto fôssemos apanhados.

Nossos mastros foram derrubados e, por fim, rastejamos pelo mar como uma gaivota ferida. Ele, por outro lado, conseguiu desaparecer no horizonte... Ele e Unga.

O que poderíamos fazer? As peles frescas falavam por si mesmas. Então, eles nos levaram para um porto russo, e depois para um país solitário, onde nos colocaram para trabalhar nas minas para extrair sal. Alguns morreram, outros não morreram — Naass tirou o cobertor dos ombros, deixando à mostra a carne nodosa e retorcida, marcada pelas estrias inconfundíveis do chicote russo. Prince correu para cobri-lo, pois não era bonito de se ver.

Passamos muito tempo lá. Alguns prisioneiros fugiam para o Sul, e sempre voltavam. Então, quando nós, que viemos da baía de Yeddo, levantamos no meio da noite e pegamos as armas dos guardas, fomos para o Norte. Esse país era imenso, com planícies lamacentas e grandes florestas. E veio o frio. Havia muita neve no chão e nenhum homem sabia o caminho. Durante meses e meses caminhamos pela floresta sem fim... Não me lembro bem, mas me lembro de que tínhamos pouca comida e muitas vezes nos deitávamos no chão para esperar a morte. E, finalmente, chegamos ao mar frio. Éramos apenas três para contemplá-lo. Um deles velejou de Yeddo como capitão e lembrou-se da configuração das grandes terras e dos lugares por onde os homens podem cruzar de um para outro no gelo. E ele nos conduziu... não me lembro bem, foi por tanto tempo... até que éramos apenas dois. Quando chegamos àquele lugar, encontramos cinco dos homens estranhos que moram naquele país, e eles tinham cães e peles, e estávamos muito pobres. Lutamos na neve e eles morreram. O capitão também morreu, e eu fiquei com os cães e as peles. Então cruzei o gelo, que estava rachado, e flutuei à deriva até que um vendaval do oeste me colocou na costa. E depois disso, vieram a baía de Golovin, Pastilik e o padre. Depois para o Sul, sempre para o Sul, para as terras quentes do sol por onde vaguei pela primeira vez.

Mas o mar já não dava quase nada: quem ia caçar focas tinha pouco lucro e corria grandes riscos. As frotas se dispersaram e nem os capitães nem seus homens tinham notícias de quem eu procurava. Saí, então, do mar, sempre inquieto, e fui para a terra, onde árvores, casas e montanhas nunca se movem de seus lugares. Viajei para muito longe e aprendi muitas coisas, incluindo a arte de ler e escrever, com os livros. Era bom que eu fizesse isso, pois me ocorreu que Unga deveria saber essas coisas, e que algum dia, quando fosse a hora... a gente... entendem...?

E então eu vaguei, vaguei à deriva como aquelas embarcaçõezinhas que erguem uma vela ao vento, mas não decidem para que lado ir. Mas meus olhos e meus ouvidos estavam sempre bem abertos e eu me misturei aos homens que viajavam muito; só eles poderiam ter visto aqueles quem eu tentava encontrar. Por fim apareceu um homem, recém-chegado das montanhas, com pedaços de rocha cravejados de pepitas de ouro do tamanho de ervilhas, e ele tinha ouvido falar, tinha se encontrado, os tinha conhecido. Eram muito ricos, disse ele, e viviam no lugar de onde extraíam o ouro da terra.

Esse lugar ficava em uma região selvagem e remota; mas com o tempo cheguei àquele acampamento escondido nas montanhas, onde os homens trabalhavam noite e dia sem ver o sol. A hora ainda não havia chegado. Ouvindo o que as pessoas diziam, eu soube que ele tinha ido — com ela — para a Inglaterra em busca de homens com dinheiro para abrir seus negócios. Eu vi a casa em que eles moravam. Parecia um palácio, como aqueles vistos em países antigos. Então, certa noite, entrei sorrateiramente por uma janela para ver como ele a tratava. Fui de um cômodo a outro, imaginando que era assim que deviam viver os reis e rainhas; era tudo do melhor. E me disseram que ele a tratava como uma rainha, e as pessoas, admiradas, se perguntavam de que raça etnia era aquela mulher, pois havia outro sangue em suas veias, e ela era diferente das mulheres de Akatan, ninguém conseguia desvendá-la. Sim, ela era uma rainha; mas eu era chefe e filho de um chefe, e paguei um preço incalculável por ela em peles, barcos e contas.

Mas isso não importa muito. O fato é que eu era um homem do mar, e estava acostumado com os caminhos do mar. Segui para a Inglaterra, e de lá para outros países. Às vezes eu ouvia falar deles; às vezes lia nos jornais, no entanto, nunca conseguia alcançá-los, porque tinham muito dinheiro e viajavam da maneira mais rápida, e eu, por outro lado, era pobre. Então, a sorte deles virou, dissipando toda aquela riqueza como fumaça ao vento.

Saiu tudo nos jornais naquela época, mas depois, eles caíram no esquecimento, e eu sabia que haviam voltado para onde mais ouro poderia ser obtido do solo. Eles pareciam ter deixado o mundo com vergonha de sua pobreza, e eu ia de acampamento em acampamento. Assim cheguei, ao norte de Kootenay, onde o rastro deles reapareceu. Eles passaram por ali e partiram, alguns disseram nessa direção, outros, naquela. Mas alguns disseram que tinham ido para Yukon; eu fui para um lado e para outro, e continuei viajando até que senti que estava cansado da vastidão do mundo. Mas, em Kootenay, percorri uma trilha horrível e interminável com um mestiço do noroeste que morreu quando a fome se alastrou. Ele havia chegado ao Yukon por uma estrada desconhecida através das montanhas, e quando percebeu que seu fim estava próximo, ele me entregou um mapa e o segredo de um lugar onde ele me jurou por seus deuses que havia muito ouro.

Depois disso, todos começaram a se dirigir para o Norte. Eu era um homem pobre e, por um salário, me tornei guia de cães. O resto vocês já sabem. Eu os encontrei em Dawson. Ela não me reconheceu; eu era jovem naquela época, e ela vivera uma vida tão grandiosa. Não havia espaço para ela pensar naquele que pagara um preço incalculável por ela.

Depois, você comprou meu tempo de serviço. Voltei para fazer as coisas à minha maneira, pois havia esperado muito e, agora que tinha minhas mãos sobre ele, não tinha pressa. Como disse, eu só queria seguir meu caminho, pois via toda a minha vida se abrir diante de meus olhos como um livro; tudo que eu tinha visto, e sofrido, o frio e a fome nas infindáveis florestas que margeiam os mares da Rússia. Como você sabe, eu o guiei para o Oriente (e Unga com ele), onde muitos foram, mas poucos voltaram. Eu os levei ao lugar onde os ossos e as maldições dos homens jazem com o ouro que eles não podem ter.

A estrada era longa, e a trilha estava escondida sob a neve fofa. Nossos cães eram muitos e precisavam de muita comida, e nossos trenós não chegariam até o romper da primavera. Precisávamos voltar antes que o rio derretesse. Então, aqui e ali, parávamos para esconder provisões, a fim de aliviar a carga e evitar a fome na viagem de volta. Em McQuestion havia três homens; perto deles, construímos um esconderijo, como fizemos em Mayo, onde havia um acampamento de caça de uma dúzia de Pellys que haviam cruzado a fronteira pelo Sul.

Continuamos nossa marcha para o leste, e não vimos mais uma só alma: apenas o rio adormecido, a floresta imóvel e o Silêncio Branco do Norte. Como eu disse, a estrada era longa, e a trilha era ruim. Às vezes, depois do trabalho árduo de um dia, só conseguíamos cobrir doze, no máximo dezesseis quilômetros, e à noite dormíamos como homens mortos. E nem uma vez eles sonharam que eu era Naass, chefe de Akatan, o justiceiro.

Passamos a guardar menos coisas nos esconderijos, e à noite eu simplesmente voltava para a trilha e os trocava de lugar, de modo a parecer que os carcajus os haviam descoberto. Em seguida, passamos por um lugar onde as encostas do rio eram íngremes. Lá, as águas turbulentas levavam embora a parte inferior do gelo que surgia na superfície. Em tal local o trenó que eu dirigia afundou, com os cães junto. Ele e Unga atribuíram ao azar. Havia muita comida naquele trenó, e os cães eram os mais fortes.

Mas ele riu, porque era corajoso e cheio de vida. Ele diminuiu as rações dos cães restantes, até que os cortamos dos arreios um por um e os entregamos a seus companheiros para devorá-los. Disse que iríamos para casa sem peso, parando para comer de esconderijo em esconderijo, sem cães ou trenós, e assim foi; nossa comida já era muito escassa e o último cão morreu nos arreios, na noite em que encontramos o local onde havia o ouro, os ossos e ecos das maldições dos homens.

Para chegar àquele lugar (precisamente indicado pelo mapa), no coração das grandes montanhas, esculpimos degraus na pare-

de de gelo que bloqueava nosso caminho. Esperávamos encontrar um vale do outro lado, mas não havia vale: a neve se estendia ao longe, lisa como os grandes campos de trigo, e, ao nosso redor, as altas montanhas erguiam seus topos brancos até as estrelas. E, no meio daquela planície estranha, que deveria ser um vale, a terra e a neve caíam, direto para o coração do mundo.

Se não fôssemos marinheiros, nossas cabeças girariam com aquele espetáculo, mas paramos sem um traço de vertigem na beira do cume, tentando descobrir o caminho para a descida. De um lado, a parede íngreme havia desabado e parecia inclinada como o convés de um navio quando a vela mais alta do mastro principal é soprada pelo vento. Não sei por que foi assim, mas foi assim.

"É a porta de entrada do inferno", disse ele, "Vamos descer".

E nós caímos.

E, no fundo, havia uma cabana, construída por algum homem, de toras que ele derrubou de cima. Era uma cabana muito velha, pois homens haviam morrido ali sozinhos em épocas diferentes, e nos pedaços de casca de bétula que estavam lá lemos suas últimas palavras e suas maldições.

Um morreu de escorbuto; o parceiro de outro roubou suas últimas provisões de comida e pólvora e fugiu; um terceiro foi gravemente ferido por um urso-pardo careca; outro foi caçar e morreu de fome; e assim por diante. Eles não queriam deixar o ouro e morreram ao lado dele de uma forma ou de outra. E aquele ouro inútil que eles juntaram amarelou o chão da cabana como em um sonho.

Mas sua alma estava firme e sua cabeça clara, esse homem que eu havia conduzido até agora.

"Não temos nada para comer", disse ele, "Vamos apenas olhar para este ouro; ver de onde vem e quanto há. Depois partimos imediatamente, antes que se infiltre em nossos olhos e nos roube o julgamento. Poderemos voltar mais tarde, com mais comida, para levar tudo".

Então, vimos o grande veio, que cruzava a parede do poço de forma inconfundível. Nós medimos, traçamos de cima a baixo, posicionamos as estacas da reivindicação e queimamos as árvores em sinal de nossos direitos. Então, com os joelhos trêmulos pela falta de comida, com um enjoo na barriga e o coração batendo forte perto da boca, escalamos a poderosa parede pela última vez e voltamos o rosto para a viagem de volta.

No último trecho, arrastamos Unga entre nós dois, e caímos várias vezes, mas conseguimos alcançar o esconderijo. E eis que não havia comida. Foi bem feito, pois ele pensava que eram os carcajus e os amaldiçoou e a seus deuses de uma só vez. Mas Unga era corajosa, e ela sorriu e colocou a mão na dele. Então tive de me virar para não me denunciar.

"Vamos descansar perto do fogo", disse ela, "até de manhã; ainda temos nossos mocassins".

Então, cortamos a parte superior de nossos mocassins em tiras e os fervemos. Fervemos até meia-noite, para que pudéssemos mastigar e engolir. E de manhã conversamos sobre a nossa sorte. O próximo esconderijo estava a cinco dias de distância. Não íamos conseguir. Tínhamos de encontrar caça.

E ele disse então, "Vamos caçar". Eu respondi, "Sim, vamos caçar".

E ele ordenou que Unga ficasse perto do fogo e economizasse as forças. E fomos caçar. Ele foi em busca de alces, e eu do esconderijo que havia mudado de lugar. Mas eu comi muito pouco, para não me perceberem mais forte. À noite, ele caiu várias vezes ao retornar ao acampamento. E deixei claro que também estava muito fraco, tropeçando, de modo que cada passo que dava parecia ser o último. E para ganhar força, continuamos comendo nossos mocassins.

Um grande homem ele foi! Sua alma ergueu seu corpo até o fim. Nunca reclamou em voz alta, exceto pelo destino de Unga. Durante o segundo dia, eu o segui, para testemunhar seu fim. Ele se deitava para descansar com mais frequência. Ele já estava meio morto naquela noite, mas pela manhã ele praguejou com uma voz quase muda e saiu novamente. Ele estava andando como um bêbado. Muitas vezes me pareceu que ele ia se render, mas era *forte como o ferro e tinha alma de gigante. Ele conseguiu ficar de pé durante todo o dia, apesar de seu cansaço extremo. E ele caçou dois lagópodes brancos, mas não quis comê-los. Ele não precisava de fogo; eles eram a própria vida; mas ele só pensava em Unga e no retorno ao acampamento com a caça.*

Ele já não andava, mas rastejava na neve sobre as mãos e os joelhos. Aproximei-me dele e li a morte em seus olhos. Ainda não era tarde demais para comer as aves; mas ele largou o rifle, pegou os pássaros na boca como um cachorro e continuou seu avanço.

Eu estava ao seu lado, e quando ele parou para descansar, olhou para mim, surpreso com a minha força. Li isso em seus olhos, pois ele não falava. Seus lábios se moviam, mas não emitiam som. Como eu disse, um grande homem, e meu coração estava inclinado a ter pena. Mas vi o livro da minha vida ser aberto diante dos meus olhos, lembrei-me novamente do frio e da fome que me atormentavam nas imensas florestas da costa russa. Além disso, Unga era minha, e paguei um preço altíssimo por ela em peles, barcos e contas. E assim, atravessamos a floresta branca. O silêncio nos dominou como a névoa úmida do mar, e os fantasmas do passado pairavam no ar e ao nosso redor. Eu vi a praia amarela de Akatan novamente, e os caiaques voltando correndo da pesca, e as casas empoleiradas na orla da floresta. E os homens que se haviam tornado chefes estavam lá, os legisladores cujo sangue eu carregava, o sangue por meio do qual me uni a Unga. Sim, e Yash-Nooss caminhava comigo, seus cabelos cheios de areia molhada e sua lança, quebrada quando ele caiu sobre ela, ainda em sua mão. E eu sabia que aquela era a hora, e vi a promessa nos olhos de Unga.

Como eu dizia, atravessamos a floresta, até que o cheiro da fumaça do acampamento estava em nossas narinas. E eu me inclinei sobre ele e arranquei a ave de seus dentes.

Ele se deitou de lado para descansar, e eu vi o brilho da lucidez aumentando em seus olhos, e sua mão deslizar lentamente em direção à faca em sua cintura. Peguei a faca dele, aproximei meu rosto do dele e sorri. Mesmo assim, ele não entendeu. Fiz, então, beber de garrafas pretas e construir no alto da neve uma pilha de mercadorias, e reviver as coisas que aconteceram na noite de meu casamento. Não disse uma palavra, mas ele entendeu. No entanto, ele não demonstrou medo; havia um sorriso de escárnio em seus lábios e uma raiva fria, e ele reuniu novas forças a partir do entendimento de tudo. Não estávamos longe do acampamento, mas a neve estava macia e ele rastejava devagar.

Certa hora, ele ficou deitado de bruços por tanto tempo que eu o virei e olhei nos olhos dele. E às vezes ele olhava para frente, às vezes olhava para a morte. E quando eu o soltei, ele continuou seu doloroso deslize.

Finalmente chegamos à fogueira. Unga estava ao seu lado. Seus lábios se moveram sem som; então ele apontou para mim. E depois disso ele ficou deitado na neve, paralisado, por um longo tempo. Agora mesmo ainda está lá na neve.

Eu não disse nada antes de cozinhar a ave. Quando terminei, falei com Unga em sua língua, a língua que ela não ouvia há muitos anos. Ela se endireitou, arregalou os olhos e me perguntou quem eu era e onde havia aprendido a falar assim.

"Eu sou Naass", respondi.

"Você? É possível?", e se aproximou de mim para me examinar melhor.

"Sim", eu respondi, "sou Naass, chefe do Akatan, o último da minha linhagem, assim como você é a última da sua".

E ela riu. Por todas as coisas que vi e que fiz, que nunca mais ouça tal risada. Isso provocou um calafrio em minha alma, sentado ali no Silêncio Branco, sozinho com a morte e esta mulher que ria.

"Venha!", eu disse, imaginando que ela perdia a consciência, "Coma isso e vamos embora. É um longo percurso até Akatan".

Mas ela escondeu o rosto nos cabelos louros do homem e continuou a rir tanto que pensei que o céu fosse desabar sobre nossas cabeças. Eu imaginava que ela sentiria uma alegria imensa ao me ver e ansiosa para voltar à memória dos velhos tempos, mas aquela parecia uma forma estranha de dizer isso.

"Vamos!", exclamei, pegando sua mão e puxando-a com força, "O caminho é longo e escuro. Vamos nos apressar!"

"Onde?", Unga me perguntou, sentada na neve e não mais rindo daquele jeito estranho.

"Para Akatan", respondi, examinando seu rosto e esperando vê-lo se iluminar com o pensamento.

Mas seu rosto tornou-se igual ao dele, com um sorriso de escárnio nos lábios e uma raiva fria. "Sim", disse ela, sarcasticamente, "iremos de mãos dadas para Akatan, e viveremos nessas cabanas imundas, e nos alimentaremos de peixe e óleo, e geraremos uma semente, da qual teremos orgulho por toda a vida. Esqueceremos o mundo e seremos felizes, muito felizes. Vai ser magnífico! Vamos! Vamos agora. Vamos voltar para Akatan".

E ela passou a mão pelo cabelo amarelo dele e sorriu de um jeito que não era bom. E não havia promessa em seus olhos.

Permaneci sentado, em silêncio, atordoado com o comportamento estranho da mulher. Lembrei-me da noite em que ele a arrebatou de mim, e ela gritou e puxou os cabelos dele, aqueles mesmos cabelos que ela agora acariciava e dos quais ela não queria se separar. Então me lembrei do preço que paguei, dos longos anos que esperei. E então eu a agarrei com minhas mãos e a arrastei para longe, como ele houvera feito. E ela resistiu como antes resistira, e lutou como uma leoa por seus filhos. E quando o fogo estava entre nós e o homem, eu a soltei e ela se sentou para me ouvir. E contei-lhe tudo, tudo o que me acontecera em mares estranhos, tudo o que eu fizera em terras estranhas; de minha busca cansativa, e dos anos de fome, e da promessa que ela me fizera antes de qualquer pessoa. Sim, contei tudo, até o que se passara naquele dia entre mim e o homem, e nos dias ainda jovens. E, enquanto eu falava, vi a promessa surgir em seus olhos, plena e grandiosa como o raiar do dia. E li nos olhos dela a pena, a ternura de uma mulher, o amor... O amor de Unga. Me senti rejuvenescido; era o mesmo olhar de quando ela corria pela praia, rindo, em direção à casa onde morava com sua mãe. Minha horrível inquietação acabou, assim como a fome e a angústia da espera.

A hora havia chegado. Senti o chamado de seu seio, onde eu poderia descansar minha cabeça e esquecer. Unga abriu os braços e eu me aproximei dela. Então, de repente, o ódio flamejou em seus olhos, sua mão roçou minha cintura. E uma, duas vezes, ela estocou a faca.

"Cachorro! Porco!", ela disse, como se cuspindo as palavras para mim, enquanto eu caía na neve.

Então ela rasgou o silêncio com sua risada e voltou para o lado de seu morto.

Sim, ela me esfaqueou duas vezes, mas também estava fraca com a fome, e meu destino não era morrer, então. Resolvi ficar ali e fechar os olhos para o último e longo sonho, junto com aqueles seres cujas vidas se cruzaram com a minha e que me conduziram por trilhas desconhecidas. Mas havia uma dívida sobre mim que não me deixava descansar.

E o caminho era longo, o frio era amargo e não havia quase comida. Os Pellys não encontraram alces e saquearam meu esconderijo. Os três homens brancos fizeram o mesmo, mas eles jaziam magros e mortos em suas cabines ao que eu passei.

Depois disso não me lembro de mais nada, até chegar aqui e encontrar comida e fogo... um bom fogo.

Ao terminar, encolheu-se, colado ao fogão, como se para não o perder. Por um longo tempo, as sombras projetadas pela lamparina de sebo simularam tragédias na parede.

— E quanto à Unga! — Prince perguntou alterado, ainda impressionado com as visões.

— Unga? Ela não queria comer a ave. Ela se deitou com os braços em volta do pescoço dele, o rosto afundado em seus cabelos amarelos. Aproximei o fogo dela para que o frio não a torturasse, mas ela rastejou para o outro lado. Então, acendi uma nova fogueira lá, mas não adiantou muito, pois ela não comia. A essa altura, os dois estão paralisados na neve.

— E você? O que vai fazer? — perguntou Malemute Kid.

— Não sei... Akatan é pequena, e não tenho vontade de voltar a viver no fim do mundo. No entanto, não tenho muitos caminhos diante de mim. Talvez Constantine, onde me colocariam correntes de ferro, e um certo dia me amarrariam um pedaço de corda, e então eu dormiria tranquilo. Mas eu não sei, eu não sei...

— Mas, Kid! — disse Prince — Foi assassinato!

— Fique quieto! — Malemute Kid ordenou a ele. — Há coisas maiores do que nossa sabedoria, e que ultrapassam a nossa justiça. O certo e o errado nisso não podemos dizer; não é o nosso dever.

Naass se aproximou ainda mais do fogo. Um grande silêncio reinou, e diante dos olhos daqueles homens, dançavam as mais diversas imagens.

Impressão e Acabamento
Gráfica Oceano